COLLECTION
Cascade

DIDIER HERLEM

MYSTÈRE AU CHOCOLAT

ILLUSTRATIONS DE
MICHEL RIU

RAGEOT - ÉDITEUR

À DAME ZÉPHYRINE
AU CÉLÈBRE PROFESSEUR BIDOU

Collection dirigée par Caroline Westberg

Couverture : Christian Heinrich
ISBN 2-7002-1067-0
ISSN 1142-8252

GRAND-MÈRE N'AIMAIT PAS LA MER

Couché sur le tapis entre ses livres et ses jouets, Thomas rêvait. Par la fenêtre de sa chambre, il suivait d'un œil vague le vol d'une mouette acrobate dans le ciel bleu de Paris. De la rue, montait le grondement sourd et régulier de l'océan qui doucement le berçait sur son petit nuage. Soudain, la sirène d'un chalutier retentit. Il leva le nez, surpris. Ce n'était qu'un autobus, un vulgaire autobus qui klaxonnait bêtement. Du coup, Thomas se releva, déçu : il était tombé de son nuage.

Il ouvrit la porte de sa chambre et cria :

– Maman !

– Oui, Tom !

– Quand est-ce qu'on part ?

– Encore ! ça fait dix fois que tu me le demandes ! On-part-dans-deux-jours !

– Tu m'avais dit après-demain !

– Mais, Tom, c'est pareil, voyons ! Et puis tu m'agaces à la fin ! Retourne dans ta chambre et pense à ce que tu veux emmener, au lieu de bayer aux corneilles !

– Au lieu de quoi ?...

– Au lieu de rêvasser, mollasson !

Tom repartit en traînant les pieds. Depuis des jours, il était dans cet état. Le temps lui semblait si long que pour tromper son attente, il grimpait sur son petit nuage et rêvait. Ce n'est pas qu'il s'ennuyait à Paris. Au contraire, il s'y plaisait beaucoup. Mais pas tout le temps. Quand venaient les beaux jours, que l'école avait fermé ses portes et que ses copains s'en allaient l'un après l'autre, quand, en plus, la chaleur lourde de l'été s'abattait sur Paris, alors Tom n'avait plus qu'une idée en tête : partir !

Partir où ? Quelle question ! A Sainte-Eulalie, bien sûr ! C'était le nom d'une petite ville au bord de l'Atlantique, pas très loin de La Rochelle, où ses parents, depuis longtemps, avaient une maison.

Pour Tom, Sainte-Eulalie, c'était le paradis. La pêche aux crevettes quand la mer était basse, la pêche aux éperlans sur la jetée du port, les balades dans les marais semés de canaux et de cabanes à huîtres, les randonnées à vélo dans les forêts de pins de la presqu'île, les galipettes dans les dunes de la Pointe Espagnole, les promenades en bateau dans l'estuaire : on n'avait que l'embarras du choix. Sans oublier la plage, bien sûr, avec tous ses plaisirs.

Tom adorait nager, faire le fou dans l'eau, plonger dans l'écume fraîche et bouillonnante, puis se sécher au soleil. Il aimait aussi se transformer en constructeur de citadelles, élever des murailles de sable et défier les vagues de la marée montante. Avec le temps et l'expérience, Tom était devenu un spécialiste. Surtout depuis que pour ses dix ans, on lui avait offert une nouvelle pelle. Pas un joujou. Une vraie pelle, toute rouge, en bois et en métal, un outil de professionnel.

Sur son petit nuage, Tom se voyait déjà à l'ouvrage : il choisissait le bon endroit, là où le sable n'est ni trop dur ni trop mou, traçait avec sa pelle le plan des futures murailles et se mettait à creuser.

Puis ses copains venaient en renfort pour tasser le sable et aménager l'intérieur avant l'arrivée des premières vagues. Et surtout après, pour colmater les brèches, réparer les voies d'eau. Pas commode de résister aux terribles assauts de l'océan déchaîné. La lutte était héroïque et l'issue fatale, car l'océan avait toujours le dernier mot. Lorsque la mer avait balayé leur fière citadelle, les vaillants combattants partaient vers d'autres jeux...

Ses copains. Tom songeait à eux. Il espérait bien les retrouver cette année encore, car c'étaient pour lui de vieux amis. Depuis le temps qu'ils passaient leurs vacances ensemble ! Il y avait Antoine, fort comme un Turc, mais paresseux comme une couleuvre, que Tom considérait un peu comme son grand frère ; il y avait aussi Aurore et Géraldine. Deux jumelles. Heureusement que l'une était blonde et l'autre rousse, sinon on les aurait confondues. Avec leurs longs cheveux bouclés, leur sourire d'ange et leur air romantique, on aurait pu les prendre pour des petites filles modèles. Même Tom, au début, s'y était trompé. Et puis, il avait découvert deux filles formidables, de sacrées luronnes, pas peureuses pour deux sous, prêtes à se battre s'il le fallait, deux filles qu'il adorait, et qu'en secret il admirait. Il y avait enfin Amédée, une petite nature celui-là, qui sortait toujours de l'eau tout bleu en claquant des dents. Mais qu'à cela ne tienne : aux yeux de Tom, Amédée avait une chance incroyable. D'abord il réussissait à l'école sans trop se fatiguer – tout simplement parce que, comme on dit parfois, Amédée avait oublié d'être bête – et puis il vivait toute l'année à Sainte-Eulalie, le veinard ! Si bien qu'il connaissait le coin comme personne. Pour les expéditions en forêt, les visites dans les blockhaus perdus dans les sables, les découvertes mystérieuses, on pouvait compter sur lui.

Bien sûr, il y avait d'autres copains, ceux qu'on ne voyait qu'un seul été ou même quelques semaines, ceux qu'on oubliait et ceux qu'on n'oubliait pas : Judith, par exemple, une Anglaise terrible qui leur avait appris le rock, ou Sylvain, à cause de Barnabé, son caniche, qui faisait des tours de chien savant, comme Capi dans *Sans famille*. Il y avait aussi...

Mais Tom planta là le reste de la bande, Sébastien, Jonathan, Jennifer et les autres. Pas d'erreur. Dans le lointain, une voix l'appelait. C'était Maman qui demandait son aide.

« Quelle barbe ! Encore un truc à faire... se dit Tom en descendant de son petit nuage, j'étais si bien là-haut. »

– Tu viens me donner un coup de main ?

– J'arrive.

– Toute seule, je ne m'en sors pas. Pas moyen de boucler cette valise.

– Bouge pas, tu vas voir. A nous deux...

Mais à ce moment précis, le téléphone sonna.

– J'y vais, dit Maman. Attends-moi.

Lorsqu'elle revint, Tom se demanda ce qui se passait, car elle faisait une drôle de tête.

– Où est ton père, Tom ?

– Dans son bureau. Il choisit les livres qu'il veut emporter à Sainte-Eulalie.

– Il va être déçu, le pauvre, car j'ai bien peur que les vacances, ce soit pour plus tard.

– Quoi ?

– C'était tante Ophélie. Elle est très malade, le cœur à ce que j'ai compris. Elle n'a personne pour s'occuper d'elle et nous réclame à son chevet. On ne peut pas refuser.

– Et mes vacances ? Et mes copains qui m'attendent ?

– Mais voyons, Tom, tante Ophélie est malade !

– Je m'en fiche de tante Ophélie ! Elle n'a qu'à se soigner toute seule ! Moi, je veux partir !

– Tom, tu exagères. Et si c'était toi qui étais malade, tu aimerais n'avoir personne pour te dorloter ?

– Ça m'est égal, je veux partir en vacances... Si c'est comme ça, je partirai tout seul !

– Tu sais bien que c'est impossible.

– Je suis bien assez grand, tout de même !

– Allons, calme-toi...

– Non, je ne me calmerai pas. J'en ai marre, moi, ça fait des jours que j'attends. Et juste au moment où on part, on ne part plus !

Tom avait bien envie de dire tout ce qu'il avait sur le cœur, mais le chagrin l'emporta : il se mit à pleurer à chaudes larmes.

– Qu'est-ce qui se passe ici ? On se dispute ?

C'était son père qui arrivait, attiré par les pleurs de son fils.

– On ne part pas, dit Tom, dans un sanglot.

– On ne part pas ?

– Oui, je vais t'expliquer, Bertrand, tante Ophélie est tombée malade et je lui ai promis que...

– Oh ça va, j'ai compris. Il faut aller jouer les gardes-malade, et bien sûr, c'est toujours sur nous que ça tombe !

– Je n'y peux rien, moi, si ta tante...

– Je sais bien, Marie, mais enfin, quoi, on n'a pas tellement de vacances, merde !

– Bertrand, je t'en prie, pas devant Tom ! Il est déjà assez grossier comme ça !

– Mais toi, on dirait que ça ne te fait rien !

– Moi ? C'est la meilleure ! Déçue, je le suis autant que vous ! Seulement, je sais aussi qu'il faut se faire une raison : on n'a pas le choix,

Bertrand !... Ça ne me fait rien ! Je me demande vraiment comment tu peux dire une chose pareille. A moins que... Bien sûr, j'y suis maintenant ! Je vois où tu veux en venir : monsieur a envie de partir seul avec son fils, pendant que moi, à qui ça ne fait rien, j'irai m'occuper de la chère tante Ophélie.

– Ce n'est pas une bonne idée ?

– Bertrand, je te le dis tout de suite, c'est non ! On y va ensemble, ou on n'y va pas !

– Bon bon, je n'insiste pas.

– Et moi ? soupira Tom en séchant ses larmes.

– Eh oui, au fait, ce n'est peut-être pas indispensable qu'il aille aussi se morfondre dans ce trou perdu... Qu'en penses-tu, Marie ?

– Moi, je veux bien, mais il faut être raisonnable, Bertrand. Comment veux-tu comme ça, au dernier moment, trouver quelqu'un pour l'accompagner et s'occuper de lui à Sainte-Eulalie ?

– On peut demander à Pablo, il n'a peut-être rien prévu. Peut-être qu'il ne détesterait pas des vacances familiales au bord de la mer, pour une fois !

Mais Pablo, un ami de Bertrand et de Marie, un vieil ours solitaire que Tom considérait un peu comme son parrain, répondit non. Il aimait bien Tom, la question n'était pas là. Seulement, il allait partir en Afrique, chez les Hottentots, à la chasse au gnou. Dans ces conditions...

– A la chasse au quoi ? demanda Papa, lorsque Maman raccrocha le téléphone.

– Au gnou, voyons !

– Celui-là, au moins, ce sera toujours un original. Jamais entendu parler de cette bête-là... Mais, dis-moi, en parlant de bête, ça me donne une idée : si on demandait à ta mère ?

– Oh, Bertrand ! Tu es vraiment insupportable ! Si elle savait comment tu la traites !

– Bah, ça n'empêche pas qu'elle et moi on s'aime bien, malgré tout. Tu ne trouves pas que c'est une bonne idée ?

– Alors là, non, pas le moins du monde ! D'abord, elle a toujours refusé d'aller à Sainte-Eulalie. Elle prétend que la mer lui donne des boutons. Non, si vraiment tu préfères que Tom ne vienne pas avec nous, envoyons-le chez les Dupont...

– Avec un D ou un T ?

– Bertrand, tu ne peux pas être sérieux cinq secondes ! Je disais : envoyons-le chez les Dupont, ils ont une petite maison avec un jardin au bord de la Marne et...

– Ah non ! dit Tom. Jamais de la vie ! On s'embête avec eux. Il faut toujours obéir, être sage, être poli, dire merci sans arrêt. Je préfère encore Grand-mère.

– Tu as l'air d'oublier qu'elle n'a pas le caractère facile ! Quand tu vas chez elle trois jours, vous n'arrêtez pas de vous chamailler.

– C'est pas vrai, Maman, on s'entend très bien.

– Écoute, Marie, puisque Tom à l'air d'accord, le mieux est d'interroger ta mère. Après tout, elle fera peut-être une exception pour que son petit-fils puisse partir en vacances... Je vais lui demander de passer ce soir : nous verrons bien ce qu'elle en pense.

Le moins que l'on puisse dire, c'est qu'ils furent vite renseignés.

– Moi ? Emmener ce petit chenapan à Sainte-Eulalie ? Me morfondre un mois entier dans ce trou perdu ? C'est une plaisanterie, j'espère ! Je me demande qui a pu avoir une idée pareille ! Je parie que c'est vous, Bertrand !

– C'est juste, dit Bertrand.

– Mais voyons, c'est impossible ! Tom est bien trop turbulent, trop désobéissant ! Il passe son temps à faire des bêtises !

– Belle-maman, je trouve que vous exagérez un peu. Tom n'est pas si désobéissant.

– Oh vous, Bertrand, n'insistez pas, vous êtes le portrait tout craché de votre fils, enfin, je veux dire... C'est Tom qui...

– J'ai compris, j'ai compris !

– Vous n'allez pas vous disputer devant Tom, quand même ! dit Marie. Au fond, ce n'est pas si grave. Tom n'ira pas à la mer, il viendra avec nous. Inutile d'en faire une maladie... Il y a des enfants qui ne partent jamais en vacances...

Tom, qui n'avait rien dit jusque-là, était consterné. Son dernier espoir s'envolait. Adieu les amis, les citadelles et la baignade... De grosses larmes coulèrent sur ses joues.

– Tu peux bien pleurer, Tom, ce n'est pas ça qui me fera changer d'avis, dit Grand-mère.

– Belle-maman, il a le droit d'être triste, cet enfant, tout de même ! Et puis, vous êtes un peu sévère avec lui...

– D'abord, c'est pas vrai que je suis désobéissant ! C'est pas juste, ce que tu dis, Grand-mère, c'est pas juste !

– Comment ce n'est pas juste ! Entendez-moi ce petit effronté ! Ah, vous lui avez donné une belle éducation !

– Je suis très obéissant quand je veux !

– Je ne dis pas le contraire ! Quand Monsieur veut !

– Si tu voulais m'emmener, tu verrais bien que j'en suis capable ! Je te jure, je serai sage comme une image, obéissant et tout !

– N'insiste pas, Tom, dit Maman, tu vois bien qu'à son âge, une telle aventure ne tente pas ta grand-mère !

– Comment à mon âge ! rugit Grand-mère. Ma fille, on voit bien que tu me connais mal. A mon âge ! Alors, voilà l'opinion que tu as de moi ! Un vieux machin ! Qui n'est plus bon à rien ! Même pas à passer des vacances à la mer avec son petit-fils ! Dis carrément que je suis une ruine... une... une...

– Calme-toi, Maman, je n'ai pas dit ça, mais...

– Mais tu le penses, ma fille ! Eh bien, puisque c'est comme ça, on va voir ce qu'on va voir ! Tom, fais ta valise, nous partons ! J'en ai assez entendu pour ce soir !

Tom ouvrit de grands yeux. Il n'y croyait plus.

– Alors, qu'est-ce que tu attends pour faire ta valise ?

– C'est vrai, Grand-mère ? Tu veux bien m'emmener maintenant ?

– Je n'aime pas me répéter, tu le sais bien !

– Merci, tu es formidable !

Et Tom se jeta fougueusement dans les bras de sa grand-mère, tandis que Papa et Maman échangeaient un clin d'œil complice. Grand-mère n'avait pas bon caractère, mais elle avait un cœur d'or.

– Alors, Tom, tu es content ? lui demanda t-elle lorsqu'ils sortirent de l'immeuble.

– Drôlement ! Avec tout ça, moi, les vacances, je n'y croyais plus !

– Et moi, je n'en reviens pas de partir, dit Grand-mère. A la mer en plus... J'espère qu'il ne nous arrivera rien.

– Bien sûr que non ! Tu sais, Sainte-Eulalie, c'est pas le Far West. Il n'y a pas plus tranquille.

Tu verras, Grand-mère, ce seront des vacances sans histoires.

Eh oui ! Des vacances sans histoires. C'est ce que Tom s'imaginait. Il ne se doutait pas qu'à Sainte-Eulalie, un endroit si paisible, qu'il connaissait si bien et depuis si longtemps, l'aventure les attendait.

UN NAUFRAGE PRESQUE PARFAIT

Sainte-Eulalie, le 21 juillet

Cher Papa, Chère Maman,

Nous sommes arrivés depuis une semaine. Je ne vous ai pas écrit avant parce que j'avais trop de choses à faire avant et qu'il fait très beau. Mais aujourd'hui, c'est les grandes marées qui commencent et il pleut, alors je vous écris.

Nous avons fait un bon voyage, sauf qu'il faisait très chaud dans le train et que les gens à côté de nous avaient un bébé qui pleurait tout le temps. Grand-mère a été très gentille. Elle avait préparé des sandwiches au saucisson comme j'aime, elle m'a payé un Mickey à la gare, avant de partir, et une glace à trois boules – framboise, chocolat, vanille – quand on a changé de train à la Rochelle.

Quand on est arrivés à Sainte-Eulalie, on a eu une drôle de surprise. Il y avait Antoine, Aurore et Géraldine qui nous attendaient avec Amédée sur le quai de la gare. Incroyable, j'ai dit, comment vous avez deviné qu'on arrivait ? Antoine a dit que c'était une voyante qui lui avait dit. Moi, je ne l'ai pas cru. Mais Géraldine a dit oui-oui, c'est vrai, même qu'elle s'appelait la voyante extra-lucide Agatha. Ils m'ont fait marcher comme ça pendant au moins une heure, et puis

Amédée m'a tout raconté. J'ai été bête. J'aurais dû comprendre tout de suite que Maman avait téléphoné à son père pour lui demander de venir nous chercher en voiture à la gare. C'est comme ça qu'il l'a su, et puis il a prévenu les autres.

J'étais content d'arriver, vous pouvez pas savoir. Les copains sont déjà tout noirs. Moi, au début, j'ai attrapé un coup de soleil, mais c'est passé, et je n'y pense même plus.

Avec Grand-mère, ça va. Elle a toujours un peu peur qu'il m'arrive quelque chose, mais je lui promets de faire bien attention et elle me laisse faire. Je suis sage et j'obéis presque tout le temps quand elle me dit de faire ceci ou cela. Elle m'a attrapé une fois parce que je ne voulais pas rentrer de la plage. Mais ça pourrait être pire.

J'ai déjà fait plein de trucs chouettes avec les copains. Il y a un nouveau, Stéphane, qui a une planche à voile et qui nous apprend. Mardi, il y a eu un concours de plage. Il fallait construire un phare. J'ai eu le troisième prix parce que Barnabé, le chien de Sylvain, a fait pipi contre mon phare juste quand j'avais fini. J'étais vachement en colère et en plus, tout le monde rigolait. J'ai tout de même gagné un disque : « La chèvre de Monsieur Seguin ». Pas de chance, il n'y avait que ça comme disque, et moi, je connais l'histoire par cœur, avec le loup qui mange la chèvre, alors j'ai échangé avec Mohammed, c'est un copain qui vient d'Oran, en Algérie, et qui avait gagné un jeu de boules. Il en a déjà deux, et il ne connaissait pas l'histoire de la chèvre. C'est un beau jeu de boules, et Grand-mère était très fière de moi.

Hier, on est allé à la pêche aux crevettes, il fallait profiter de la marée très basse. Avec mon nouveau filet, j'en ai attrapé la moitié d'un seau, Géraldine en a pris plein, mais c'est parce qu'elle s'est servie du filet de son père, qui est très grand. Qu'est-ce qu'il a râlé quand il s'en est aperçu ! On n'a pas mangé les crevettes parce que Grand-mère trouve que les crevettes, ça chatouille la gorge. Alors je les ai données toutes crues à Moulinette, la chatte des voisins. Elle a tout mangé, elle mange sans arrêt parce qu'elle attend des petits. Ils veulent bien m'en donner un pour Paris, est-ce que vous êtes d'accord ?

Demain, s'il fait beau, on ira tous ensemble faire une balade dans les rochers, et on attrapera des crabes. Pas des gros qui pincent, des petits. Amédée a dit que ça s'appelle des étrilles. C'est bon à manger. Mais je ne sais pas si Grand-mère aime ça.

Et vous, ça va ? J'espère que tante Ophélie va mieux et que vous viendrez bientôt nous rejoindre.

Grosses bises !

Tom.

P.S. : Quand vous viendrez, apportez-moi Le temple du soleil, *j'étais sûr de l'avoir emporté pour Géraldine, mais il n'était pas dans ma valise quand je l'ai cherché ici. Ou bien alors, je l'ai oublié dans le train. Et puis, si vous avez de la place, je voudrais aussi mon jeu sur les extra-terrestres.*

« Comme ça on pourra y jouer tous ensemble s'il fait encore mauvais, se dit Tom en pliant sa lettre. Ça changera du Monopoly... »

– Dis, Grand-mère, tu me donnes une enveloppe s'il te plaît ?

– Je vais te donner ça, fiston, et après tu viendras déjeuner, il est l'heure.

– Sûrement, j'ai vachement faim !

– Ensuite, comme le temps ne s'arrange pas, j'irai faire des courses. J'en ai toute une liste. Tu m'accompagneras, Tom, que je puisse t'acheter des espadrilles...

– Des espadrilles ? Pour quoi faire ?

– Ne fais pas l'idiot. Tu as vu ce que tu as aux pieds ? Un vrai clochard !

– C'est celles de l'année dernière.

– C'est bien ce que je vois ! Elles ont des trous partout, on dirait qu'il pousse de la barbe aux semelles. Tu n'as pas honte de te balader avec ça ?

– Non, dit Tom.

– Quand je pense que de mon temps, les

petits garçons se promenaient en costume de marin et en souliers vernis !

Tom éclata de rire.

– Ouaf-ouaf. J'aurais bien voulu voir ça. Ils devaient avoir l'air malin, sur la plage !

– C'est facile de se moquer ! A l'époque, c'était normal... Allez, viens vite à table, que l'on puisse partir aussitôt après.

Mais voilà qu'au cours du repas, timide, espiègle, le soleil montra le bout de son nez. Puis le vent se leva et chassa les nuages. Au dessert, il faisait un temps resplendissant.

– Mmmm... tu as vu, Grand-mère, mmm... il fait choleil mmm...

– Qu'est-ce que tu dis ? Si tu mangeais ta banane plus proprement, je te comprendrais peut-être mieux !

– Mmm... Il fait choleil... Mmmm... on va pouvoir aller à la plage...

– A la plage ? Et les courses alors ! Qui les fera ?

– Ben, toi !

– Tu te figures que je vais te laisser aller seul à la plage ? Non, tu viendras avec moi, un point c'est tout.

– Mais il fait beau maintenant !

– Tant pis ! Ou plutôt tant mieux ! Ce sera plus agréable sous le soleil que sous la pluie...

– Je veux aller à la plage ! Je ne veux pas faire de courses !

– Tom ! Ne commence pas à discuter. On ira à la plage demain.

– Et les copains qui vont faire plein de trucs sans moi !

– De-main !

– Non ! je veux y aller ! C'est pas logique, puisqu'il fait beau !

– Mais non, regarde, il y a encore un petit nuage, là-bas, dans le coin.

– Je m'en fiche ! Je veux aller à la plage !

– Tom !

– Et puis zut ! J'en ai marre d'avoir une grand-mère pareille !

– Moi aussi, j'en ai marre d'avoir un petit-fils pareil ! Incapable de tenir une promesse !

– Quelle promesse ?

– Souviens-toi, Tom : « Je te jure, je serai sage comme une image, obéissant et tout. » Tu as déjà oublié ?

– Non. C'est vrai que j'ai promis.

– Eh bien, dans ces conditions, si tu es un homme de parole, tu n'as plus qu'à m'accompagner gentiment.

Ah ! Elle était forte, Grand-mère, elle avait gagné sur toute la ligne. Forte et magnanime aussi, puisqu'elle ajouta :

– Mais comme il fait si beau, on achète juste tes espadrilles, et aussitôt après, on file à la plage ! Qu'en dis-tu, bonhomme ?

La réponse de Tom ne se fit pas attendre et

prit la forme d'une grosse bise, que Grand-mère accepta volontiers.

Grâce à ce compromis honorable, Tom retrouva ses copains assez tôt pour ne pas manquer la baignade.

– Ah te voilà enfin, lui dit Antoine. On se demandait ce que tu fabriquais !

– Rien, rien, juste un truc à régler.

Tom ne tenait pas à en dire plus, et on le comprend.

– Il était temps que tu te ramènes, dit Amédée. Pour un peu, on allait se baigner sans toi. Tu as vu les vagues ?

– Ça va être extra ! dit Géraldine. Ton bateau est prêt, Amédée ?

– On n'a plus qu'à le mettre à l'eau !

– Allons-y !

En chemin, ils se mirent d'accord : pas question de barboter sans but. Aujourd'hui on allait jouer à la bataille. Les occupants du bateau seraient des espions impitoyables venus de Jupiter pour détruire la Terre, les autres, de vaillants plongeurs qui les prendraient à l'abordage pour sauver la planète. Avec les vagues encore fortes malgré la marée descendante, la bataille promettait d'être féroce. Le tout était de se mettre d'accord sur la répartition des rôles : qui seraient les espions et qui seraient les plongeurs ? Question délicate, car on s'aperçut bien vite que tout le monde voulait être espion et personne plongeur. C'était tellement mieux d'être dans le bateau d'Amédée et de regarder les autres s'échiner à y grimper !

Ils se disputaient avec une belle ardeur, lorsque juste à côté d'eux, titubant dans les vagues, ils aperçurent une petite fille qui pleurait comme une madeleine. Elle avait l'air accablée par le malheur.

– Qu'est-ce qu'elle a ? dit Tom. Elle a perdu ses parents ?

– Qu'est-ce que tu as ? lui demanda Géraldine.

– Ma bouée, ma belle bouée, dit la petite fille dans un sanglot à fendre l'âme.

– Mais qu'est-ce qu'elle a, ta bouée ?

– Elle... est... partie... sur la mer... là-bas...

Et la voilà qui sanglote de plus belle.

– T'en fais pas, dit Amédée, on va aller la chercher, ta bouée ! Tu viens avec moi, Tom ?

– D'accord, mais il faut se dépêcher. Regarde : le courant l'emporte vers les rochers !

– Va falloir nous aider à passer les vagues, dit Tom.

– Compte sur nous, dit Géraldine, on va s'y mettre tous. Mais faites gaffe, hein, n'allez pas trop près des rochers !

– T'inquiète pas, répondit Amédée, dans cinq minutes, on est là avec la bouée...

Seulement voilà, une demi-heure passa, et ni Tom ni Amédée n'étaient de retour.

– Qu'est-ce qu'ils font à ton avis, Antoine ?

– Je ne sais pas, Géraldine. Ils ont récupéré la bouée, mais ils n'arrivent pas à revenir...

– C'est le courant, tu crois ?

– Sans doute !

On les voyait dériver lentement mais sûrement vers les rochers. Ils avaient beau faire tous leurs efforts : sans pagaie, il était presque impossible de remonter le courant.

– Ils n'auraient pas dû y aller, dit Mohammed. C'est dangereux, les rochers ! Moi, je me suis blessé, il y a une semaine. C'est plein d'huîtres qui coupent comme des rasoirs.

– Mon Dieu, et la marée qui descend ! ajouta Aurore. Il faut avertir le maître-nageur !

– Ils vont se faire attraper, vaut peut-être mieux pas, dit Antoine. Et puis, ils arriveront peut-être à s'en sortir tout seuls.

– Le bateau fait du sur-place, oui ! dit Aurore.

– Et ma bouée, se lamenta la petite fille.

– Ah toi, fiche-nous la paix, avec ta bouée ! répliqua Sylvain. C'est pas le moment !

Ils se sentaient un peu mal à l'aise, ils commençaient à avoir peur pour Tom et Amédée.

– Antoine ! Antoine ! crie soudain Aurore, je ne vois plus le bateau !

– C'est pas possible !

– Mais si ! Regarde ! On ne voit plus rien !

Ils étaient consternés.

– Moi, dit Aurore, cette fois, je vais avertir le maître-nageur. C'est trop dangereux avec le courant et les rochers. Tant pis s'ils se font attraper.

– Je viens avec toi, dit Antoine. Il faut qu'on les sorte de là.

Ils ne s'étaient pas trompés. Tom et Amédée n'avaient pas mis longtemps pour rattraper la bouée, mais contre le courant, impossible de revenir ! Comme la marée descendait de plus en plus, les rochers affleuraient, le courant les poussait vers ces bancs d'huîtres coupantes qu'Amédée connaissait bien, mais que faire ? Déjà, en essayant d'éviter un rocher, il s'était coupé la main. Oh ! rien de grave ! Mais le sang n'arrêtait pas de couler, ce qui l'empêchait d'aider Tom, maintenant.

– On est dans de beaux draps !

– T'en fais pas, dit Tom, on va venir nous chercher... Si le bateau tient le coup, ce n'est pas bien méchant...

Ils avaient continué à dériver ainsi, désemparés, réduits à crier et à agiter les bras en direction de la plage, lorsque soudain, la catastrophe s'était produite : le bateau était passé sur un rocher, et en quelques secondes, Tom et Amédée s'étaient retrouvés dans l'eau.

Ironie du sort, ils n'avaient même pas eu le

temps de récupérer la bouée, qui, tranquillement, continua sa petite promenade au gré des vagues.

– J'ai froid, dit Amédée, après un moment.

– Ne te tracasse pas, on va sûrement venir nous tirer de là...

– J'ai froid, je ne me sens pas bien...

Tom savait qu'Amédée ne mentait pas, et cela le rendit inquiet.

– Si on essayait de nager ? Tant pis si on se coupe, c'est tout de même mieux que de se noyer, non ?

– Je ne peux pas, j'ai trop froid !

Amédée claquait des dents, il devenait tout bleu, et Tom ne savait plus quoi faire.

– Ah, c'est malin ! dit le maître-nageur. Vous auriez pu me prévenir plus tôt ! Je ne peux pas tout voir, moi !

Il prit ses jumelles et, du poste de sauvetage, il scruta la mer du côté des rochers.

– Je les vois là-bas... qui barbotent... ah oui ! ils sont dans de beaux draps ! Ils font trempette depuis combien de temps ?

– Une heure, à peu près, dit Antoine.

– Alors il faut faire vite ! Ils savent nager, au moins, ces deux loustics ?

– Oui, mais Amédée ne tient pas le coup dans l'eau, il est tout de suite frigorifié...

– Bon Dieu, ça peut devenir sérieux ! Ah les mômes, qu'est-ce qu'ils ont dans le crâne, je vous jure ! Je ne peux même pas y aller avec mon bateau pneumatique, il va m'arriver la même chose qu'il y a deux ans : il se coupera sur les rochers, et on sera trois à barboter dans la flotte avec le courant qui tire vers le large. Si seulement je pouvais attendre la marée haute ! Mais il y en a pour trois heures ! Et dans trois heures, il sera peut-être trop tard...

– Trop tard ? demanda Aurore, un peu pâle.

– Oui... dit le maître-nageur soucieux... c'est un risque... et je ne peux pas le prendre... Bon, moi, c'est décidé, j'appelle les pompiers et j'alerte l'hélicoptère ! Quant à toi, comment t'appelles-tu ?

– Aurore.

– Eh bien, Aurore, je te charge de prévenir les parents.

Peu de temps après, toute la plage était en émoi. Un attroupement s'était formé le long de l'eau, et, comme toujours dans ces cas-là, les gens se racontaient des histoires toutes plus horribles les unes que les autres, pour ne pas être en reste sur le voisin... Puis, on se tut.

Le soleil descendait doucement sur l'horizon, le sable changeait de couleur, et les rochers, ces terribles rochers, si inoffensifs de loin, prenaient une teinte mauve. Mais ce paysage si beau, si doux, on ne pouvait le regarder sans ressentir le danger qu'il cachait si bien d'habitude.

Parmi les gens, il y avait Géraldine, serrée contre Grand-mère qui avait peur pour Tom, mais ne voulait pas le laisser paraître. Il y avait Stéphane qu'on avait bien du mal à empêcher de voler à leur secours avec sa planche à voile. Et tous les autres copains qui attendaient, la gorge un peu serrée.

Puis soudain, la scène s'anima. On entendit la sirène des pompiers qui s'approchait. Ils arrivèrent en trombe, descendirent la rampe qui menait à la plage, et avec une précision d'automates, sortirent leur matériel de secours.

– Bon sang, mais qu'est-ce qu'il fabrique l'hélicoptère ! dit le maître-nageur. Ils sont prévenus depuis au moins un quart d'heure ! Ah ! le voilà !

Et tout le monde leva la tête, en voyant apparaître dans le ciel bleu, limpide, l'hélicoptère rouge de la Sécurité Civile.

Il descendit peu à peu en décrivant des cercles concentriques, puis s'immobilisa au-dessus des rochers. Le bruit qu'il faisait couvrait celui des vagues. On vit alors se déployer une échelle et l'un des sauveteurs sortit de l'appareil. Dans le vent d'ouest, l'échelle se balançait. L'homme parvint jusqu'à la surface de la mer, puis on le vit remonter quelqu'un ; aussitôt après, il recommença l'opération.

– Il y en a un qui n'est pas brillant, dit le chef des pompiers en suivant le moindre détail à la jumelle. Mais l'autre a l'air de bien se défendre. Il gravit l'échelle tout seul...

L'hélicoptère reprit alors de la hauteur, effectua un grand virage dans le ciel, puis vint se poser sur la plage, en soulevant autour de lui une tempête de sable. Tout le monde se précipita vers l'appareil. Grand-mère sentait battre son cœur. Les copains d'Amédée et Tom avaient hâte de savoir. On était déjà sûr que l'un des deux était indemne, mais l'autre ?

La porte de l'hélicoptère s'ouvrit, et le pilote descendit en retirant son casque.

– Inutile de vous inquiéter, tout s'est bien passé.

– Ils vont bien ?

– Ils vont bien tous les deux, même si Amédée... c'est bien comme ça qu'il s'appelle, le petit ? demanda-t-il au co-pilote qui s'occupait d'eux au fond du cockpit.

– C'est ça, Amédée...

– Oui, même si Amédée a besoin d'un peu de repos. Il n'a pas l'air de bien supporter l'eau froide, celui-là...

– Et Tom ? demanda Grand-mère.

– Ah l'autre, demain il pourra retourner se baigner, si le cœur lui en dit ! Bon, écartez-vous un peu, s'il vous plaît, qu'on les amène au poste de secours.

– On peut dire que vous nous avez fait peur ! déclara le maître-nageur à Tom et Amédée, qui buvaient une boisson chaude, emmitouflés dans des couvertures.

– Ben, moi aussi, j'ai eu drôlement peur, dit Tom, quand j'ai vu Amédée qui tournait de l'œil ! Je savais bien qu'on viendrait nous chercher, mais...

– Eh oui ! il ne faut pas traîner, dans ces cas-là, dit le maître-nageur. Le plus grand danger pour les naufragés ce n'est pas de boire la tasse, c'est le froid ! Voilà pourquoi j'ai préféré tout de suite alerter l'hélicoptère, plutôt que d'attendre la marée...

– Je m'en serais bien passé, de l'hélicoptère, marmonna Amédée en claquant des dents, et puis maintenant, j'ai plus de bateau...

– Ne t'en fais pas, dit son père, ce sont des choses qui se remplacent, tandis que toi...

– La prochaine fois, mes enfants, reprit le maître-nageur, vous réfléchirez un peu plus loin que le bout de votre nez ! On s'amuse, on rigole, et puis d'un seul coup, ça devient sérieux. A l'avenir, soyez prudents, ou avertissez-moi, si vous voulez traverser l'Atlantique !

MAITRE
NAGEUR

TOM DISPARAÎT POUR DE BON

Le lendemain, Tom et Grand-mère étaient de nouveau sur la plage. La mésaventure de la veille ? Oh, Tom n'y pensait déjà plus. Pour lui, c'était de la vieille histoire, un glorieux souvenir à raconter à ses copains d'école, puisqu'après tout, l'affaire s'était bien terminée.

Mais tout le monde n'était pas du même avis, et Tom ne mit pas longtemps à s'en apercevoir.

– Grand-mère, je peux aller à la pêche aux crabes dans les rochers, avec Antoine ?

– Dans les rochers ? Non, Tom, tu restes ici, près du parasol. Après ce qui s'est passé hier, je ne veux pas que tu t'éloignes.

Tom était ahuri.

– Mais Grand-mère, c'était prévu ! Tu avais déjà dit oui ! Je l'ai même écrit à Papa et Maman !

– Je sais... Seulement, j'ai changé d'avis. Quand tes parents seront arrivés, ils te laisseront faire tout ce qu'ils voudront, mais en attendant, je ne veux pas te perdre de vue. Je comprends que ça ne te fasse pas plaisir, mais c'est comme ça.

– Tu avais dit pourtant...

– Ne discute pas, Tom, tu perds ton temps.

Et Grand-mère se replongea dans son tricot.

Tom se mit alors à réfléchir en faisant des

dessins dans le sable avec ses pieds. Puis, au bout d'un petit moment :

– Dis, Grand-mère...

– Oui...

– Tu m'en veux beaucoup pour hier ? C'est à cause de ça ?

– Mais non, voyons, ce sont des choses qui peuvent arriver. Et puis j'étais bien trop contente de te revoir sain et sauf !

– Alors tu n'es pas fâchée ?

– Moi ? Pas du tout.

– Si je te promets d'être très prudent, tu voudras bien me laisser aller à la pêche aux crabes ?

– Écoute, Tom, tu ne vas pas recommencer. Je ne t'en veux pas, mais cette nuit, j'ai bien réfléchi : je ne peux pas prendre le risque qu'il puisse encore t'arriver quelque chose. Imagine ce que dirait Marie ! Et ton père ! Mon Dieu ! Je me fais déjà bien assez de reproches comme ça de ne pas t'avoir suffisamment surveillé jusqu'à maintenant.

– Grand-mère !

– C'est vrai, si j'avais fait plus attention, tu n'aurais pas failli te noyer hier avec Amédée...

– Je n'ai pas failli me noyer !

– Ça, c'est ce qu'on raconte après.

Tom se tut, à bout d'arguments : ça avait l'air drôlement sérieux. Alors, il prit un livre et commença à lire. Mais le cœur n'y était pas... La pêche aux crabes, c'est si chouette...

« Antoine sait peut-être aussi attraper des étrilles, comme Amédée, supposa Tom. Et puis après, on les mange avec une mayonnaise... »

Il se voyait déjà en train de déguster sa pêche... Et dire qu'au lieu d'aller dénicher des étrilles, il lui fallait rester là, planté comme un piquet à côté des tentes et des parasols, comme s'il avait encore deux ans...

Là-dessus, Antoine arriva. Il venait chercher Tom, comme convenu.

– Grand-mère ne veut pas que j'y aille, ronchonna Tom en levant le nez de son bouquin.

– C'est pas possible ! Elle était d'accord avant-hier !

– Ben oui, mais... elle a changé d'avis.

– A cause d'hier...

– Je crois, oui...

– Tu sais, à ta place, je n'insisterais pas. Tu attends tranquillement un jour ou deux, et puis elle oubliera, crois-moi... Enfin, tu fais comme tu veux, Tom, mais...

– Tu me jures qu'on fera une autre pêche plus tard, alors !

– D'accord ! promit Antoine, qui reprit son attirail et s'éloigna sous le regard déçu de Tom.

« Il a peut-être raison, Antoine, se dit-il, mais tout de même, la pêche aux crabes, c'est pas dangereux ! Décidément, Grand-mère, il faut toujours qu'elle exagère ! »

Tom poussa un grand soupir et se replongea dans sa lecture. Pas de chance, c'était à mourir d'ennui : encore une histoire de robot spatial et de rétrolaser où il se passait toujours la même chose, c'est-à-dire, au fond, rien du tout.

« Débile », pensa Tom en bâillant comme une carpe.

Il se leva pour pouvoir scruter les rochers. Il ne mit pas longtemps à apercevoir Antoine.

« Tiens, constata Tom, Aurore est allée avec eux. »

Puis il vit Mohammed, et Géraldine, et Sylvain avec Barnabé, son caniche...

« Ils ont tous le droit d'y aller, et pas moi ! C'est dégoûtant, tout de même ! Au fait, si j'essayais de... après tout, je peux toujours tenter le coup... »

– Grand-mère !

– Oui ! tu veux ton goûter, au moins. Il est cinq heures...

– Non, je veux aller me baigner. Je peux ?

– Ça ne t'a pas suffi, hier ?

– Non Grand-mère, et puis j'ai chaud !

– Bon, d'accord !

« Ouf ! ça marche ! » se dit Tom en sautant sur ses pieds.

– Mais tu attends encore deux minutes, le temps que je finisse mon rang...

– Pourquoi ça ?

– Parce que je vais t'accompagner.

– Ce n'est pas la peine, Grand-mère. Tu es si bien sous ton parasol !

– Je préfère aller avec toi. Je resterai tout près de l'eau, le temps que tu te baignes...

« Raté », s'avoua Tom, qui n'avait pas plus envie que ça de se baigner...

– Bon ! allons-y ! J'ai fini !

Suivi de Grand-mère, Tom se dirigea vers la mer. Il se sentait un peu ridicule, il était convaincu que tout le monde sur la plage allait remarquer que Grand-mère ne le lâchait plus d'une semelle. C'était cruel pour le héros d'un naufrage fort honorable, il faut le reconnaître.

– Elle était bonne ? Pas trop froide ?

– Non merci, ça va.

– Voilà ta serviette... Essuie-toi tout de suite.

Ce qu'il fit en ronchonnant un peu. Mais finalement, dans l'eau, Tom s'était dit qu'Antoine avait sans doute raison. Il valait mieux être patient une journée ou deux, être sage comme une image, obéissant comme un toutou, et les choses iraient mieux.

Une fois rentré à la maison, Tom aida à mettre le couvert, se lava les mains avant de passer à table, mangea sans rouspéter ce qu'il y avait dans son assiette ; il alla même se coucher quand Grand-mère lui fit remarquer qu'il était tard et qu'il était temps de songer à dormir.

« Si Papa et Maman me voyaient, se dit Tom en éteignant la lumière, ils ne me reconnaîtraient pas ! »

Huit jours avaient passé. Tom était épuisé de jouer les petits garçons modèles. Et pour rien, en plus : Grand-mère était inflexible. Le pauvre Tom, désespéré, ne savait plus à quel saint se vouer.

Ce matin-là, il faisait un soleil de plomb dans un ciel bleu sans un nuage.

– Si nous pique-niquions sur la plage, aujourd'hui ? proposa Grand-mère à son petit-fils.

– On achètera une glace après ?

– Si tu veux...

Une fois le panier prêt, ils rejoignirent la plage. Antoine attendait Tom.

– Dis donc, Tom, on va faire un tour du côté de la Bonne Anse, cet après-midi. Il paraît qu'on trouve plein de coques dans le sable, à marée basse. Si ta grand-mère accepte, tu nous rejoins pour trois heures. D'accord ?

– Moi, je veux bien. Ça me ferait même drôlement plaisir, mais ça m'étonnerait qu'elle accepte !

– Ah bon ! C'est toujours pareil ?

– Toujours.

– Et tes parents ?

– Ils seront là dans une quinzaine de jours...

– Quinze jours !

– Eh oui... Et encore, ce n'est même pas sûr. Si ça se trouve, ils ne viendront pas du tout !

– Ben mon vieux, on dirait que tu n'as plus le moral, toi !

– Je m'ennuie...

– C'est ce que je vois. Bon, écoute, si tu peux, tu viens ; moi, je vais prévenir Sylvain et Stéphane... Salut, Tom, à cet après-midi peut-être !

– Salut, Antoine.

La Bonne Anse, c'était un coin formidable. Un peu plus loin que Sainte-Eulalie. Il fallait bien marcher deux ou trois kilomètres en remontant la côte, et on arrivait dans une sorte de baie que la mer, peu à peu, avait formée. Pour les pêcheurs, la Bonne Anse était une aubaine !

« Je demande, je ne demande pas... » Tom hésitait. D'un côté, il en avait terriblement envie, d'un autre côté, mettons que Grand-mère accepte, mais à la condition de le suivre partout comme son ombre, il préférait encore rester près du parasol à s'ennuyer dans son coin. Il aurait l'air de quoi vis-à-vis des copains !

Finalement, la pêche aux coques à la Bonne Anse l'emporta sur tout le reste, et il décida de tenter sa chance. Après tout, pêcher des coques à marée basse n'avait rien de dangereux !

Mais il ne se faisait pas beaucoup d'illusions quant à la réponse. Et il avait raison, car Grand-mère refusa mordicus. Résigné, Tom se remit à jouer dans le sable, en imaginant tout ce qu'il ferait dès que Papa et Maman seraient enfin là.

L'heure du pique-nique arriva. Après quoi, Grand-mère s'installa confortablement avec un livre sous son parasol, et Tom entreprit de construire un circuit automobile pour ses voitures de course.

Puis il eut envie d'aller se baigner pour se rafraîchir un peu.

– Grand-mère ! Tu viens ? Je voudrais me baigner.

Pas de réponse.

– Grand-mère ! Hoho !

Pas de réponse.

Tom s'approcha alors tout doucement du parasol. Grand-mère, vaincue par la chaleur, dormait profondément, son livre ouvert sur ses genoux.

« Ça alors ! Elle dort... Il va falloir que je la réveille si je veux me baigner », se dit Tom.

Mais soudain, une autre idée lui vint. « Et si je... »

Eh oui, bien sûr ! La pêche aux coques ! Il suffisait de filer en douce... C'était si tentant que Tom n'hésita pas une seconde de plus. Il prit sa pelle et le voilà parti en direction de la Bonne Anse.

Il fallait se dépêcher, s'il voulait y être à l'heure... Tom se mit à marcher d'un bon pas, sa pelle sur l'épaule, en suivant le chemin de la corniche. Il était tout joyeux, Tom : ce sentiment de liberté, après tant de jours passés à se morfondre à côté du parasol, c'était formidable.

Ce qu'il ne savait pas, c'est que la pêche aux coques n'avait pas lieu. Antoine n'avait pas eu le temps de le prévenir : pêche remise pour cause de canicule. Par un temps pareil, on n'était bien que dans l'eau, et puis il valait mieux attendre le retour d'Amédée qui connaissait les bons coins, là où on trouvait des coques à foison...

Si bien que quand Tom arriva à la Bonne Anse, il eut beau chercher à droite, à gauche, arpenter la plage en tous sens : personne !

« Il s'est peut-être passé quelque chose... se dit Tom. Ou bien alors ils ont changé d'avis... En tout cas, moi, j'ai l'air malin maintenant ! Ah ! on peut dire que j'ai de la chance ! Pour une fois que je peux faire ce que je veux ! »

Il demanda l'heure à un pêcheur. Quatre heures dix. La marée était basse.

« Il est trop tard, songea Tom, ils ne viendront plus... »

Il attendit encore un peu, puis décida de retourner à Sainte-Eulalie. Il n'avait guère le choix !

Sur le chemin du retour, soudain, il avisa une petite crique.

« Tiens, une petite crique que je ne connais pas ! »

Elle était ravissante, cette crique : de beaux rochers de chaque côté, et puis un long tapis de sable fin jusqu'à la mer qui commençait à remonter. Dans les rochers poussaient des touffes de fleurs sauvages, violettes et roses. Au fond de la crique, un vieux figuier tout biscornu avait réussi à s'agripper dans le roc et embaumait les alentours.

Il n'y avait personne, sinon quelques oiseaux baladeurs qui, d'algues en coquillages, cherchaient tranquillement leur nourriture ; et puis une mouette, qui se reposait sur un rocher.

« Si je faisais comme la mouette, moi aussi », se dit Tom qui avait parcouru un sacré bout de chemin sous le soleil.

S'aidant de sa pelle, il descendit prudemment les rochers et s'allongea à l'ombre du figuier.

« Drôlement chouette, ce coin, super, il faudra que je le montre aux copains ! »

Puis il alla se baigner. L'eau était délicieusement fraîche. De la mer, il contemplait la crique en se laissant porter par la houle.

« C'est ici, tiens, que ça vaudrait le coup de construire une citadelle. C'est vraiment l'endroit idéal... »

Ses chères citadelles ! Depuis des jours, il rêvait d'en construire une, une vraie. Seulement il y avait Grand-mère...

Tom sortit de l'eau tout pensif.

« Et si j'essayais maintenant, se dit-il soudain. La mer est encore loin, il ne doit pas être bien tard... Je vais en mettre un bon coup, et pendant ce temps, le soleil me sèchera... »

L'idée était excellente. Tom choisit son emplacement, écarta algues et coquillages, aplanit savamment le sol, puis se mit à dessiner sur le sable le plan de son futur ouvrage, sous l'œil vaguement intéressé de la mouette qui l'observait du haut de son rocher.

Il avait décidé de creuser assez loin de l'eau pour ne pas être surpris par la marée avant d'avoir fini. Il prit sa pelle, cracha un bon coup dans ses mains, et en avant !

Intrigués, les oiseaux baladeurs virent soudain s'élever un mur de sable, puis un autre, puis des fortifications latérales. Ils tournaient autour du trou qui devenait de plus en plus profond. Même la mouette, au bout d'un moment, ne put résister au désir de voir les choses de plus près. Elle prit son envol, se mit à tournoyer au-dessus de Tom en poussant des cris admiratifs.

Tom s'arrêta, pour souffler un instant. Il suait à grosses gouttes à force de creuser avec acharnement. « Il faut que je voie ce que ça donne ! » Il grimpa hors du trou et contempla son ouvrage d'un œil expert : « Pas mal, pas mal... Il faudrait peut-être donner un peu plus de hauteur à droite, et tout sera fin prêt ! »

Sans plus attendre, il redescendit au fond du trou...

Tom était assez content de lui. « Formidable, tout de même, se dit-il en examinant l'intérieur, les murs sont si hauts qu'on ne me voit presque plus ! Encore quelques coups de pelle, et on ne me verra plus du tout ! »

Hélas, Tom ne croit pas si bien dire : à peine a-t-il enfoncé sa pelle au fond du trou, que brusquement, il sent le sol qui se dérobe et s'ouvre sous ses pieds. Tom pousse un grand cri, il tente de s'agripper, de s'accrocher aux parois : rien à faire ! Le sable ruisselle entre ses doigts...

– Au secours ! crie-t-il.

Mais happé par le vide, il glisse, glisse, et soudain disparaît.

Tout s'était passé si vite, que personne, pas même la mouette, ne s'était aperçu de rien. Pourtant, dans la petite crique déserte, ce n'était plus une orgueilleuse citadelle de sable qui se dressait maintenant, mais une ruine : des murailles effondrées, informes, d'où saillait, insolite, un bout de bois d'un rouge vif qui ressemblait comme deux gouttes d'eau au manche de la pelle de Tom...

Rien ne bougeait dans la crique, quand brusquement la mouette quitta son rocher pour venir se poser sur le bout de bois qui dépassait du sable. Elle resta là un moment, perplexe, inspectant les lieux, mesurant l'étendue des dégâts causés par cet intrus dans son domaine... Puis, rassurée, elle s'envola en ricanant vers le large.

Pendant ce temps, sur la plage de Sainte-

Eulalie, une dame d'un certain âge, qui depuis un moment dormait sous son parasol, écrasée par la chaleur du soleil, se réveillait tranquillement en poussant quelques soupirs d'aise.

– Mon Dieu que ça fait du bien ! Moi qui n'avais pas fait la sieste depuis des années ! Tu te rends compte, Tom ? ajouta-t-elle en se retournant.

Mais Tom était un peu trop loin pour pouvoir lui répondre...

– Tom ! Tom !

Grand-mère se leva d'un bond, fit le tour du parasol : plus de Tom !

– Ah le vaurien ! Il en a profité pour filer en douce ! s'écria-t-elle lorsqu'elle vit que non seulement Tom, mais aussi sa pelle avaient disparu.

– « Évidemment, se dit-elle, l'occasion était trop belle... » Grand-mère se rassit.

« Bon. Je vais essayer de ne pas trop m'inquiéter... Tom a sûrement dû rejoindre ses copains... Je vais patienter un peu, et puis, il y a son goûter qui l'attend... »

Grand-mère reprit son livre et s'efforça de penser à autre chose.

– Pardon, madame, vous n'avez pas vu Tom ?

C'étaient Antoine et Géraldine.

– Comment ? Il n'est pas avec vous ?

– Non ! Nous, on croyait le trouver près du parasol, comme d'habitude, répondit Géraldine.

– C'est-à-dire que... je me suis endormie, avoua Grand-mère, et Tom a profité de l'aubaine : il a pris la poudre d'escampette ! Mais j'étais sûre que c'était pour vous rejoindre... Seulement maintenant, ça change tout ! Tom est parti je ne sais où, et il va falloir le retrouver... Remarquez, je ne crois pas qu'il fasse d'imprudence, après la leçon de l'autre jour.

– Oh ça, certainement pas ! se hâta d'affirmer Antoine.

– Oui, bien sûr... mais on ne sait jamais...

– Dis donc, Antoine, suggéra Géraldine, il est au courant, Tom, qu'on a laissé tomber la pêche aux coques ?

– Ben non, je n'ai pas eu le temps... et puis j'étais tellement persuadé qu'il n'aurait pas la permission, ajouta-t-il en regardant Grand-mère.

– J'ai peut-être été trop sévère, mon petit Antoine, mais mets-toi à ma place... Tom est très casse-cou, et moi, j'ai eu si peur, l'autre fois ! C'est une grosse responsabilité, vous comprenez...

– Bien sûr, nous comprenons très bien, madame, dit Géraldine. Mais qu'est-ce qu'on fait maintenant ? On l'attend ici ? On va à sa rencontre sur le chemin de la Bonne Anse ?

– Et s'il a décidé d'aller faire un tour au port ? Ou vers la forêt ? répliqua Antoine. Après tout on n'en sait rien !

– Écoutez, mes enfants, vous n'avez qu'à aller l'un vers le port, l'autre vers la forêt, moi, je vais suivre la corniche ; le premier qui le trouve prévient les autres ! D'accord ?

– Entendu ! dit Géraldine. Bon courage, et ne vous en faites pas trop, madame. Tom est très prudent, vous savez, même s'il n'a pas froid aux yeux !

LE REFUGE DES CONFISEURS

Tom n'avait peut-être pas froid aux yeux, mais tout son corps était glacé ! Lorsqu'il avait repris connaissance, il était allongé dans le noir, sur le sol humide. C'était du sable, apparemment...

« Eh bien, j'ai eu de la chance ! se dit Tom. Sans quoi, je me serais sûrement cassé quelque chose !... Mais qu'est-ce qui a bien pu m'arriver ? Je n'y comprends rien du tout ! » Il rassembla ses idées. « Voyons... Je creusais tranquillement avec ma pelle... Tiens, ma pelle ! Où est-elle ? »

Il chercha à tâtons autour de lui... Rien, pas de pelle.

« Il fait noir comme dans un four, ici... Oui, donc je creusais tranquillement et soudain, même pas le temps de me rattraper, je suis tombé dans un grand trou... et j'ai dû tourner de l'œil... Décidément, c'est la série ! Le coup des rochers, Grand-mère qui m'interdit tout, personne à la Bonne Anse, et puis me voilà au fond d'un trou, maintenant ! C'est le pompon ! Quel pied, ces vacances ! »

Tom plaisantait pour se donner du courage, car en lui-même, il se demandait bien comment il allait sortir de là. Si seulement il avait pu voir ou entendre quelque chose. Mais on n'y voyait rien ! Et tout ce qu'il entendait, c'était un petit bruit régulier : plic-ploc, plic-ploc, plic-ploc... comme des gouttes d'eau suintant le long d'une voûte et tombant par terre...

Tom tenta de se rapprocher du bruit et effectivement, il finit par rencontrer une paroi rocheuse, humide, le long de laquelle ruisselait de l'eau.

« Si je suivais la paroi à tâtons, se dit-il, ça me mènerait peut-être quelque part... » Il se mit à avancer lentement. « Il y a sûrement une sortie, un passage... un boyau, comme dans le blockhaus d'Amédée... » Tout doucement, il progressait dans le noir. « Haaaa ! Qu'est-ce que c'est que ça ? »

Tom avait brusquement senti une bête qui courait sur sa main. Une sorte de scolopendre, un mille-pattes, ou un cloporte...

« Mon Dieu qu'elle m'a fait peur, la sale bête ! »

Pour se redonner du cœur au ventre, Tom pensa à ses copains : « Ils vont sûrement partir à ma recherche, s'ils ne me voient pas revenir, Grand-mère les aura prévenus... »

Un peu réconforté à cette idée, Tom se remit à suivre la paroi en tâtonnant. Qu'est-ce qu'il avait froid en maillot de bain dans cette atmosphère glacée !

« Je claque des dents comme Amédée, se dit Tom, je suis sûrement tout bleu, moi aussi ! » Il eut alors l'impression d'arriver à une ouverture. « C'est peut-être la sortie ! Après tout, s'il y a des bestioles ici, il faut bien qu'elles soient entrées par un passage ou un autre ! »

Mais il fut vite déçu ! C'était bien un passage, seulement il ne menait à rien. Une simple anfractuosité dans le rocher. Un cul-de-sac.

« Je suis bien dans une sorte de grotte... se dit-il, ça doit être drôlement grand, depuis le temps que je suis la paroi... On dirait une grande salle... Quel endroit bizarre ! »

Soudain, Tom mit son pied dans le vide. Il poussa un cri, et c'est tout juste s'il eut le temps de se raccrocher au rocher. Il recula, se mit à quatre pattes pour sentir ce qu'il y avait.

« Tiens, ce n'est plus du sable ! C'est de la pierre... On dirait une marche, mais elle fait au moins trente centimètres de haut. Mon vieux, tu as bien failli te casser la figure ! »

Il y avait une marche, en effet, puis une seconde, et une troisième. Mais après, on retrouvait le sable.

Tom avançait très prudemment, son cœur battait, tous ses sens étaient en éveil : des marches, ça pouvait vouloir dire beaucoup de choses ! L'ennui, c'est qu'elles descendaient... comme si le sol de cette espèce de grotte était à deux niveaux...

Tom essayait de réfléchir posément, calmement, mais il avait bien du mal, car il se sentait gagné par la peur. « Il ne faut pas avoir peur, se dit-il, sans quoi je suis cuit ! » Mais c'était dur, très dur, de ne pas imaginer que peut-être il ne trouverait jamais la sortie, qu'il n'y en avait pas, ou pire, que dans ce noir, il passerait juste à côté sans la voir...

La paroi était toujours aussi humide. Maintenant, Tom s'était fait au contact de ces espèces de bestioles qui couraient sur ses mains et sur ses bras en le chatouillant désagréablement. Il fallait bien, sans quoi, il aurait passé son temps à bondir d'effroi et à hurler. N'empêche qu'il se serait volontiers épargné ce contact.

– Pouah ! encore une... Quelle saleté ! dit-il à voix haute.

Soudain, Tom s'arrêta, pétrifié. Il venait d'entendre un bruit, un autre bruit que l'écho assourdi de sa voix, auquel il s'était habitué. Il tendit l'oreille en retenant son souffle :

– Grrr... Grrrr... foutch-foutch... Grrrr... foutch-foutch...

C'était une sorte de grognement lointain, difficile à identifier au milieu du plic-ploc incessant des gouttes d'eau sur la pierre.

Puis Tom n'entendit plus rien. Mais il était un peu inquiet. « C'est curieux, ce bruit ! Ce n'est pas un oiseau, ni une chouette, ni une chauve-souris... ça ne peut pas être un serpent... Mon Dieu ! Si c'était un LOUP ! »

L'idée le glaça d'effroi. Tom avait peur des loups. Une peur idiote, il le savait, sans doute à cause de tous les vilains loups qui peuplent les contes de fées, mais c'était ainsi, il avait peur des loups... Tout d'un coup :

– Grrr... Grrrr... foutch-foutch... Grrr...

Les grognements se rapprochaient, il en était sûr !

Tom n'osait plus faire le moindre geste, il était collé au rocher, espérant que le loup ne le trouverait pas.

– Grrr... foutch...

Le grognement était tout près maintenant, Tom le sentait dans le noir... vingt mètres, dix... peut-être moins !

Tom n'en pouvait plus !

– Au secours ! Au secours ! se mit-il à crier... Au sec...

Un grognement furieux répondit à ses cris, et brusquement Tom se sentit renversé par une bête énorme, velue, menaçante, et il se retrouva par terre, dans le sable, hurlant de plus belle, se débattant comme un beau diable contre le loup, dont il sentait l'haleine chaude sur son visage. Tout à coup, la bête se mit elle aussi à hurler, des hurlements sinistres qui déchiraient le silence.

– Mogador ! Qu'est-ce qu'il y a ? cria une voix dans le noir.

Les hurlements reprirent, plus tonitruants encore.

– Mogador ! Veux-tu te taire !

– Au secours ! Au secours ! cria alors Tom,

qui reprenait espoir en entendant une voix humaine dans le lointain.

Mais les hurlements de la bête couvraient sa voix.

– Au secours ! Au secours !

– Mogador ! C'est fini, oui ? Tu ne vas tout de même pas m'obliger à y aller !

Au milieu des hurlements qui n'en finissaient point, Tom vit alors une minuscule lumière avancer dans le noir, suivie d'une silhouette sombre aux contours vacillants. La grotte – c'était bien une grotte – s'éclairait faiblement sur son passage, formant des ombres grimaçantes.

– Mais enfin, qu'est-ce que tu as à faire un vacarme pareil ? Qu'est-ce qu'il y a ?

La lumière se rapprochait et Tom découvrit enfin son adversaire : ce n'était pas un loup, mais un berger allemand, tout simplement...

Mogador quitta Tom un instant, et sans cesser d'aboyer furieusement, se précipita à la rencontre de son maître.

– Monsieur ! implora Tom, qui n'osait pas bouger, monsieur ! Aidez-moi ! J'ai peur !

– Mais-mais, dors-je ou cours-je ? proféra l'homme. J'entends des voix, ma parole... Mogador ! Vas-tu enfin te taire, nom d'une pipe, que je puisse entendre quelque chose !

Mogador, enfin, se tut.

– Monsieur, répéta Tom d'une voix timide.

La silhouette pivota brusquement, et l'homme aperçut Tom dans la lueur du fanal.

– Ah ! malheur ! Un espion ! Vite ! Loulou ! Viens ici tout de suite ! Nous sommes découverts ! s'exclame-t-il dans tous ses états.

Là-dessus, il se jette sur Tom qui n'avait même pas eu le temps de se relever.

– Mais enfin, qu'est-ce qui se passe dans la grotte ? dit une autre voix.

– Viens vite ! Un espion... Je le tiens !

Une autre lumière apparaît alors dans l'obscurité, s'approche rapidement, et Tom voit soudain une dame d'un certain âge qui se penche vers lui.

– Mais voyons, Jules, tu es fou ! C'est un gosse ! Ce n'est pas un espion ! Ton imagination t'emporte !

– Qu'en sais-tu, Loulou ? dit l'homme.

– Mais c'est évident, enfin ! Regarde-le !

Tom n'osait ouvrir la bouche, ni remuer le moindre petit doigt, avec l'homme qui le maintenait à terre, et le gros chien qui le surveillait du coin de l'œil en grognant sans arrêt.

– Peut-être, mais n'empêche qu'il est entré dans la grotte !

– Il ne l'aura pas fait exprès...

– Moi, je veux bien, Loulou, mais si c'était une ruse de Piston-Gamelle... Il serait bien capable d'inventer ça pour nous coincer ! Après tout ce qu'il a fait ! Un gosse, on ne s'en méfie pas... et hop, le tour est joué ! Il met la main sur les machines, nous, on se retrouve en prison, et lui, il a gagné sur toute la ligne !

– Je sais bien que tu penses à tout ça sans arrêt, Jules, je sais aussi que Piston-Gamelle ne recule devant rien, mais tout de même...

Après un silence, elle reprit :

– Et puis, si ce gosse était un espion, qu'est-ce qu'on en ferait, hein ? Tu veux le tuer ? Le laisser mourir de faim et de froid ici ?

– Je ne le tuerai pas, non, mais il restera dans la grotte avec nous ! Et Mogador veillera à ce qu'il ne s'échappe pas !

– Grrr... fit Mogador en regardant Tom d'un œil mauvais.

Pauvre Tom ! Il n'en pouvait plus d'entendre sur son compte des propos pareils. Il était fou, ce type ! Lui, un espion ! Qu'il fallait garder prisonnier dans la grotte !

Tom se mit à pleurer silencieusement.

– Regarde, Jules, tu lui fais de la peine, à ce petit ! Avec tout ça, on ne sait même pas comment il s'appelle. Comment t'appelles-tu, mon petit ? demanda-t-elle en se penchant vers lui.

– To...To...To...Tom ! bégaya Tom encore tout effrayé.

– Et puis laisse-le se relever, voyons ! Tu es ridicule, mon pauvre Jules, ridicule d'imaginer des choses pareilles ! Alors, tu t'appelles Tom ?

– Oui.

– Et tu habites où ?

– A Sainte-Eulalie... avec Grand-mère. On est en vacances ici...

– Tu vois ! Un petit garçon qui passe ses vacances ici ! Un client, un bon client, si ça se trouve...

– Tu aimes les sucettes, mon petit ? lui demanda l'homme gentiment.

– Oui... J'aime bien...

Tom se croyait vraiment dans une maison de fous.

« Complètement cinglés, ces deux-là », se dit-il en lui-même.

– Tu vois, Jules ! Il aime les sucettes ! Ce n'est pas un espion ! Les espions, c'est bien connu, ont horreur des sucettes !

– Bon, tu as raison, Loulou, j'ai été stupide...

– Mon ami, je ne te le fais pas dire ! Mais dis-moi, Tom, comment es-tu arrivé ici ?

– Ben, je construisais une citadelle...

– Une citadelle ?

– Oui, c'est des murs de sable pour résister à la marée...

– Moi aussi j'aimais bien faire ça avec ma pelle quand j'étais petit, dit Jules.

– Laisse-le parler, voyons, coupa Loulou.

– Je construisais une citadelle dans la crique, juste au-dessus, j'avais presque fini, quand d'un seul coup, je n'ai pas compris ce qui m'arrivait, j'ai dégringolé dans le vide... Je n'ai même pas pu me retenir.

– Eh oui ! c'est bien ce que je pensais ! Il est

tombé dans la grotte sans le faire exprès. Ce doit être la trappe qui s'est ouverte, tu ne crois pas, Jules ?

– C'est bien possible, le mécanisme est tellement vieux ! Tu penses ! Ça a des siècles, ce machin-là !

– Des siècles ? demanda Tom.

– Eh oui ! Au moins un ou deux...

– Aaaa... Aaaa... Atchoum ! fit Tom.

– Mon Dieu ! Il ne faut pas rester là, Jules ! Le petit est tout gelé ! Viens, on va t'expliquer... et je te ferai un bon grog pour te réchauffer. Il fait si froid ici...

– Bonne idée, ma chère Loulou. Allez, Mogador, on s'en va ! Dans un sens, tu as eu de la chance, petit bonhomme, parce que sans lui, ajouta-t-il en donnant quelques tapes amicales à son chien, tu aurais pu moisir longtemps dans la gr...

Jules n'eut pas le temps de terminer. Ils entendirent un grand cri, Mogador se précipita vers le centre de la grotte en aboyant encore plus furieusement que tout à l'heure.

– Mais qu'est-ce qui se passe, bon Dieu ! dit Jules.

Les cris n'arrêtaient pas. Au beau milieu de la grotte, une ombre se débattait sauvagement, les quatre fers en l'air.

– Au secours ! Au secours !

– Mais, dit Tom, mais c'est Grand-mère... Ça alors !

Tom se ressaisit aussitôt.

– Je suis là, Grand-mère, c'est moi, Tom ! Je vais te sauver des griffes de cette brute !

Et il sauta sur le dos de Mogador, qui ne voulait pas lâcher sa proie.

Lorsqu'il parvint enfin à la dégager, avec l'aide de Loulou et de Jules, Grand-mère s'était évanouie.

– La pauvre ! L'émotion a été trop forte, constata Loulou. Madame ! Madame ! Réveillez-vous ! ajouta-t-elle en lui donnant quelques tapes sur la joue.

Mais Grand-mère ne se réveillait pas.

– Il ne faut pas la laisser ici, Loulou. A trois, on arrivera bien à la transporter de l'autre côté... tiens, petit, prends le fanal ! Mogador va te montrer le chemin...

Quelques minutes plus tard, Grand-mère était allongée sur un lit, dans une grande pièce aux minuscules fenêtres. On aurait dit des hublots, comme dans un bateau.

Il n'y avait presque rien dans la pièce : des lits, une table, quelques chaises, un évier et une cuisinière, et dans un coin, deux grosses machines chromées, comme Tom n'en avait jamais vues.

– Je vais te faire un grog, proposa Loulou, tandis que Jules trempait un mouchoir dans un seau et l'appliquait sur le front de Grand-mère : elle était très pâle et respirait tout doucement.

– Mon Dieu, quelle aventure ! soupira Jules.

Mogador ! Va te coucher sous la table et ne bouge plus... Celui-là, il est toujours dans mes pattes.

– Tiens, mon petit, bois ça, tu vas voir, ça va te réchauffer, dit Loulou.

– Où suis-je ? murmura soudain une voix.

C'était Grand-mère qui était enfin revenue à elle. Tom se précipita vers le lit.

– Tom ! s'écria Grand-mère, mon petit Tom ! Ah, que je suis contente ! Je t'ai retrouvé... Mais... où sommes-nous donc ? Qui sont ces gens ? Qu'est-ce que tu fais ici ?

– Vous vous sentez mieux, madame ? s'enquit Loulou.

– Oui, merci. Seulement, je me demande encore ce qui m'est arrivé ! J'étais partie à la recherche de ce vaurien qui avait pris la clef des champs. Il devait être à la Bonne Anse. J'ai fait tout le chemin, le long de la corniche... Et puis là-bas, rien, pas de Tom. Alors, j'ai rebroussé chemin. Je peux avoir un peu de grog, moi aussi ?

– Mais certainement, madame... Voilà !

– Ah, ça fait du bien, merci ! Oui... je revenais donc par le même chemin, et qu'est-ce que j'aperçois tout à coup dans une petite crique ? Une pelle rouge, ou plutôt un manche de pelle qui dépassait d'un tas de sable. Je me suis dit : mais c'est la pelle de Tom ! Alors, j'ai pris mon courage à deux mains. Je suis descendue par les rochers dans la crique, et j'ai essayé de dégager la pelle. Impossible ! Je t'ai appelé, Tom, je suis allée voir dans les rochers si par hasard tu ne t'y étais pas caché. Rien, personne. Alors je me suis dit : ma pauvre, tu perds la boule ! Ce n'est pas sa pelle ! Mais enfin, tout de même, j'ai voulu m'en assurer avant de continuer mon chemin... Je retourne près du trou, j'essaye à nouveau de la dégager... et d'un seul coup, je ne sais pas ce qui s'est passé, le sol s'est dérobé sous mes pieds, et patatras, j'atterris dans un grand trou noir. Hou la la, mon pauvre derrière ! C'est que je n'ai plus vingt ans, vous savez ! Et là-dessus, une espèce de monstre se précipite sur moi. Après, je ne sais plus...

Grand-mère se tut.

Le monstre, sous la table, poussa un grand soupir en levant les yeux au ciel. Il avait l'air si gentil, si inoffensif, maintenant...

– Moi aussi, avoua Tom, qu'est-ce qu'il m'a fait peur, Mogador ! Je croyais que c'était un loup !

« V'là aut' chose ! » se dit Mogador en poussant un grognement d'indignation.

– Un loup ? demanda Jules.

– Ben... dans le noir, vous savez, avec tous ces bruits bizarres...

– Évidemment, dit Loulou, dans ces cas-là, on imagine n'importe quoi !

– Mais toi, Tom, que t'est-il arrivé ?

– Oh, la même chose, Grand-mère. Quand je t'ai quittée...

– Oui, bon. N'insistons pas !

– Je suis allé à la Bonne Anse. Personne ! En revenant, j'ai découvert la crique. Elle est jolie, hein ?

– Ah, ça, reconnut Grand-mère, pour être jolie, elle est jolie ! mais...

– Ben oui... je sais bien... J'ai voulu me construire une belle citadelle et...

– Et tu t'es retrouvé dans le trou !

– C'est ça.

– Tu vois, Jules, il faut absolument fermer la trappe !

– La trappe ! Quelle trappe ? demanda Grand-mère.

– La trappe de la grotte, madame ! dit Jules.

– Ah bon, Tom et moi nous sommes tombés dans une grotte...

– Exactement.

– Mais vous, qu'est-ce que vous faisiez dans cette grotte avec ce molosse ?

– C'est-à-dire que... On peut leur expliquer, Jules ? Après tout, nous sommes sûrs maintenant qu'ils n'ont rien à voir avec Piston-Gamelle !

– Avec quoi ? demanda Grand-mère.

– Piston-Gamelle... Enfin bref, vous n'êtes pas des espions.

– Des espions ?

Grand-mère était ahurie.

– Mais voyons, reprit-elle, ai-je l'air d'une espionne ? Et Tom d'un agent secret ? Écoutez, je vous remercie de m'avoir porté secours ainsi qu'à mon petit-fils, mais je ne comprends rien à votre histoire de Piston-Mamelle...

– Piston-Gamelle ! C'est un confiseur... un industriel, je devrais dire... il fabrique des sucettes que...

– Et alors ? Quel rapport avec la grotte ?

– Tu vois Loulou ! Tu ne sais pas expliquer ! Laisse-moi faire... Je vais tout vous raconter... C'est très simple !

Jules se racla la gorge, et se lança :

– En 1770 vivaient sur cette côte des bandes de pirates d'un genre très spécial, qu'on appelait des naufrageurs...

– Eh bien ! Si tu commences par là, mon pauvre Jules, on y sera encore demain ! Je vais vous expliquer...

– Oh, si c'est comme ça, moi, je ne dis plus rien ! fit Jules, vexé.

– Ne te fâche pas, je t'en prie ! Ce n'est pas le moment. Bon. Alors voilà : Jules et moi, nous sommes confiseurs à Sainte-Eulalie depuis trois ou quatre générations...

– Cinq ! précisa Jules.

– Cinq. C'est ce que je voulais dire... Et notre grande spécialité, c'est les sucettes. Vous n'en avez jamais acheté, les années passées, sur la plage ? LES BONNES SUCETTES DU PÈRE GASPARD, ça ne vous rappelle rien ?

– Ah oui ! s'écria Tom. Celles qu'on vendait avant ? Des grandes, vachement bonnes ? On n'en trouve plus cette année !

– Exact, reprit Loulou. On n'en trouve plus parce que nous ne pouvons plus en fabriquer !

– C'est dommage, soupira Tom. Mais pourquoi ça ?

– Eh bien, justement ! A cause de Piston-Gamelle ! Il est arrivé l'an dernier à Sainte-Eulalie, il fabrique des sucettes, lui aussi, mais des sucettes industrielles ! Et il a décidé de devenir le roi de la sucette... Personne d'autre ne devait avoir le droit de fabriquer des sucettes, personne ne devait pouvoir sucer autre chose que ses sucettes. Bref, il est arrivé... Je vous passe les détails, et il est venu nous voir. Vous savez ce qu'il nous a dit, ce bandit ?

– Non...

– Eh bien qu'il consentait – « consentait », vous vous rendez compte ! – à nous racheter la confiserie et les machines à faire les sucettes, sans quoi, il trouverait le moyen de nous ruiner ! « Plus une seule ! vous verrez, vous n'en vendrez plus une seule ! », voilà ce qu'il a dit. Jules et moi, on l'a fichu à la porte !

– Avec un coup de pied où je pense ! ajouta Jules.

– Après, nous avons appris qu'il avait fait la même chose avec tous les confiseurs de la ville. Pantin était très vieux, il a accepté, et Larondelle aussi parce qu'il avait envie de partir au Canada... Sainte-Eulalie ne lui suffisait plus. Il ne restait plus qu'Adriano et nous... Alors vous ne devineriez jamais ce qui s'est passé. Vous savez ce qu'il a fait, Piston-Gamelle ?

– Il vous a volé votre sucre? demanda Grand-mère.

– Il a fait raconter partout que vos sucettes étaient empoisonnées ? suggéra Tom.

– Pire que ça... D'abord, il a commencé par en faire distribuer gratuitement sur la plage. Une sucette gratuite à tous les enfants ! De la part de ce bon Piston-Gamelle ! Vous vous rendez compte ?

– C'est pas mal ! dit Tom.

– Eh oui, bien sûr ! C'est très bien pour les petits enfants qui ne peuvent pas savoir, eux !

– Après, comme on en vendait encore, parce que nos sucettes étaient vraiment bonnes...

– Les plus bonnes, affirma Jules avec assurance.

– Voyons, Jules ! les meilleures, c'est comme ça qu'on dit !

– Ah oui... les meilleures de toutes !

– Après, reprit Loulou, il a fait fabriquer des T-shirts, oui-oui ! Vous entendez bien ! Des T-shirts ! Et dessus il y avait marqué :

JE NE SUCE
QUE LES SUCETTES
SUPERSUÇANTES
DE
PISTON-GAMELLE
LE ROI DE LA SUCETTE

– Supersuçantes... Je vois ça d'ici, dit Grand-mère.

– Seulement, des T-shirts gratuits, vous comprenez... Les enfants ont marché !

– C'est vrai, reconnut Tom. Amédée en a un avec une énorme sucette verte qui dit « Piston-Gamelle, c'est naturel ! » Il en est drôlement fier...

– Après, continua Loulou, il y a eu les badges, les autocollants... Piston-Gamelle par-ci, Piston-Gamelle par-là... Il y en avait partout. Un vrai déluge... Et je n'exagère pas. Tenez, écoutez-moi ça.

Loulou sortit des autocollants du tiroir de la table :

– « Piston-Gamelle super star », « Piston-Gamelle, le champion de la sucette ». Et ça : « Que suce-t-il ? Que suce-t-elle ? Piston-Gamelle bien sûr ! » Il y en a même un que je ne comprends pas. Où est-il donc ? Ah... le voilà, tu comprends ça, Tom ?

Tom s'approcha et lut :

– « Piston-Gamelle's lollipop, the best in the world ! » C'est de l'américain...

– De l'américain, en plus, rugit Loulou. Manquait plus que ça !

Elle était rouge d'indignation.

– Ben oui, avoua Tom, l'air un peu ennuyé. Nous, on aime bien tous ces machins !

– Je comprends que vous aimiez ça, admit Jules. Le problème n'est pas là. Le malheur c'est qu'à force, ni Adriano, ni nous n'avons plus vendu une seule sucette ! Loulou et moi, vous comprenez, on n'a pas les moyens de faire comme Piston-Gamelle ! Résultat, nous avons perdu nos économies, Adriano a tout vendu à Piston-Gamelle, et il est parti au Canada, comme l'autre... On a bien essayé de tenir encore un moment, mais cette année, plus moyen, on ne s'en sortait plus !

– C'est bête, s'écria Tom. Nous, on n'était pas au courant...

– Je sais bien, dit Loulou, d'ailleurs, si les enfants étaient avertis, ça ne se passerait pas comme ça !

– Ma pauvre Loulou ! soupira Jules, tu crois au Père Noël, toi !

– Elle n'a peut-être pas tort... avança Grand-mère. Avouez pourtant que c'est bien tentant, pour les gosses, ces gadgets colorés... et gratuits ! Mais dites-moi, que vous est-il arrivé ensuite ? Elle n'est pas finie, votre histoire...

– Presque... malheureusement ! répondit Jules.

– Oui... un jour, précisa Loulou, Piston-Gamelle est revenu. Il était très pressé. Il nous a proposé une misère, presque rien pour racheter la confiserie, le matériel, tout... Et nous, comme nous n'avions plus un sou, nous avons accepté, la mort dans l'âme... Qu'est-ce que j'ai eu comme chagrin !

Loulou avait les larmes aux yeux.

– Bah, Loulou, s'écria Jules, c'est ça le monde moderne. On n'arrête pas le progrès. Il faut se résigner...

– Tu dis ça, Jules, mais c'est bien toi qui as eu l'idée, avec les machines.

– C'est vrai.

– Vous savez ce qu'on a fait ? Avant que les déménageurs de Piston-Gamelle n'arrivent, nous avons – je sais que c'est malhonnête, mais enfin... – nous avons « emprunté », si j'ose dire...

– Bah, n'hésite pas, va, ma pauvre Loulou, puisque c'est la vérité ! On les a volées à Piston-Gamelle, puisqu'il nous les avait achetées !

– Eh oui, on a volé deux machines à fabriquer les sucettes, et on les a cachées ici.

– Ici ? Dans la grotte ? demanda Tom.

– Oui. Et depuis ce jour-là, si vous saviez... Piston-Gamelle cherche partout ses machines, il a des espions à sa solde qui fouillent tous les recoins de Sainte-Eulalie... Quant aux sucettes, depuis qu'il est le seul à en fabriquer et en vendre, vous pouvez demander aux gosses ce qu'ils en pensent.

– Ah oui ça, confirma Tom, elles sont toutes petites, vachement chères, et pas bonnes. Même qu'Aurore les appelle « caca-bâtons », ses sucettes.

– Vous voyez ! caca-bâton ! C'est tout dire !

– Si on en achète encore, c'est parce qu'on aime bien sucer quelque chose, sans quoi...

– Eh oui ! Seulement il peut faire ce qu'il veut, maintenant, Piston-Gamelle... Il est riche comme Crésus ! Il est vraiment le roi de la sucette !

– Je t'en ficherai, moi, du roi de la sucette ! Le roi des bandits, oui ! s'indigna Jules, hors de lui.

– Jules, voyons, calme-toi ! dit Loulou.

– Et depuis, vous êtes là à vous cacher dans cette grotte ? A vivre en troglodytes ? demanda Grand-mère.

– Malheureusement... oui... Vous comprenez, Piston-Gamelle n'est pas tranquille ! Aussi longtemps qu'il n'a pas mis la main sur toutes les machines, il peut craindre que quelqu'un se remette à en fabriquer. Et là... finies les bonnes affaires ! A condition, naturellement, qu'elles ne soient pas encore plus mauvaises que les siennes...

– Mais, dites-moi, reprit Grand-mère, pourquoi êtes-vous venus vous coller dans cette grotte ? Ce n'est pas un endroit pour vivre, et puis vos machines vont s'abîmer à la longue. L'air est humide, ici...

– Je sais bien, reconnut Loulou, mais que voulez-vous, c'est le seul endroit où nous pouvions nous réfugier !

– Elle est à vous cette grotte ?

– Oui, fit Jules. C'est ce que je voulais vous expliquer tout à l'heure. Elle appartenait à mon arrière-grand-père qui l'avait achetée à un vieux capitaine au long cours. Elle a toute une histoire, figurez-vous ! C'était un repaire de naufrageurs...

– Moi, je sais ce que c'est qu'un naufragé, dit Grand-mère, mais un naufrageur, là, je donne ma langue au chat !

– Les naufrageurs... comment vous expliquer... C'étaient des sortes de pirates sans bateau.

– Des pirates sans bateau ? demanda Tom.

– Oui... des gens qui allumaient des feux sur la plage, pour tromper les marins, quand c'était la tempête... Les malheureux croyaient que la plage était un port – à l'époque, il n'y avait pas encore de phare, vous comprenez – alors les bateaux en détresse venaient s'échouer là. Les naufrageurs, cachés dans les rochers, partaient à l'abordage, ils massacraient tout l'équipage, et s'emparaient de la cargaison.

– Et ils la cachaient dans la grotte ! conclut Tom.

– Exactement, dit Loulou. C'est eux qui ont creusé la grotte, avec une trappe, pour que personne ne s'aperçoive de rien.

– Ça alors ! s'écria Tom, on est dans un vrai repaire de bandits !

– Brrr... fit Grand-mère, j'en ai la chair de poule...

– Oh, il n'y a pas de quoi ! répliqua Jules. Tout ça, c'est de l'histoire ancienne. Les naufrageurs ont disparu depuis longtemps... Par la suite, le vieux capitaine s'est fait aménager cette retraite. Les fenêtres sont minuscules, et avec le figuier...

– Ah oui ! s'avisa Tom, le grand arbre qui pousse au fond de la crique.

– C'est ça ! Eh bien, grâce à lui, on ne voit rien du tout.

– Personne n'a jamais découvert l'entrée ? demanda Tom, qui pensait à Amédée et ses talents d'explorateur...

– Personne. Il faudrait être bien malin pour deviner où elle se trouve. C'est une toute petite porte entre deux rochers, et devant, il y a encore le figuier. Ah, bien sûr, ici, ce n'est pas le confort... Nous, ça ne nous dérange pas beaucoup. Pour le reste, naturellement, il y a un risque, pourtant jusqu'ici, personne ne nous a vus entrer ni sortir.

– C'est bien beau, tout cela, remarqua Grand-mère, mais vous n'allez pas pouvoir rester éternellement dans cette grotte.

– C'est bien ce que je me tue à répéter à Jules ! Seulement, que faire ? Bientôt nous aurons mangé les dernières économies qui nous restent... Nous serons sans ressources... Sans compter Mogador ! Si vous voyiez ce qu'il dévore, celui-là !

« Manquait plus que ça ! se dit Mogador en secouant sa tête de bon gros chien, voilà que je suis un goinfre, maintenant ! »

– Il n'y a vraiment pas de solution ? demanda Tom.

– Vous savez, nous passons tout notre temps à réfléchir. Mais avec Piston-Gamelle et ses espions à nos trousses, non... Franchement, il n'y a qu'une chose à faire : attendre. Peut-être qu'il finira par oublier.

– Ça, c'est ce que j'appelle se faire des illusions, affirma Grand-mère. S'il est si affreux que ça, votre Piston-Flanelle...

– Piston-Gamelle, Grand-mère !

– Ce n'est pas ce que j'ai dit ? Enfin, peu importe. Si votre bandit est si méchant, il ne vous lâchera pas facilement. Non, moi, à votre place, je me battrais !

– C'est bien ce que nous avons essayé de faire ! protesta Loulou.

– D'accord, mais autrement...

– Autrement, facile à dire ! s'exclama Jules. Vous avez une autre idée, vous ?

– Peut-être bien... répondit Grand-mère, il faut que j'y réfléchisse.

– A quoi penses-tu, Grand-mère ? demanda Tom.

– Je cherche un truc, quelque chose. Enfin, vous voyez, ce qu'il faudrait, c'est que Citron-Laflemme...

– Piston-Gam...

– Ah oui, Gamelle ! Ce qu'il faudrait, c'est que ce vampire n'arrive plus à vendre ses sucettes. Ce serait bien son tour !

– Vous en avez de bonnes, vous ! s'écria Jules. C'est impossible !

– Je me le demande... Mais dites-moi, l'heure tourne : si vous vouliez venir dîner à la maison ce soir, on pourrait peut-être en discuter plus tranquillement... Et cela vous changerait un peu de votre condition de troglodytes. Qu'en pensez-vous ?

– C'est très gentil, répondit Loulou, mais nous ne pouvons pas sortir avant la nuit noire. Ce serait trop dangereux. Et puis nous ne pouvons pas non plus laisser Mogador. Il s'ennuie tellement, tout seul, qu'il n'arrête pas de gémir, de hurler. On risquerait de l'entendre...

– Je comprends, dit Grand-mère. Venez donc à l'heure qui vous conviendra. Nous ne sommes pas des couche-tôt. Quant à Mogador, amenez-le avec vous, ce grand sentimental. Au fond, il n'est pas si abominable que ça...

« Quand même », se dit Mogador en ronchonnant sous la table.

– Eh bien, c'est entendu. Dès qu'il fait noir, nous venons tous les trois...

Dehors, le soleil était couché depuis longtemps. La crique était déserte, comme à l'accoutumée, lorsqu'à la lumière blafarde de la lune, l'on vit trois ombres surgir du figuier, se faufiler à travers les rochers et s'éloigner par le chemin de la corniche...

GRAND-MÈRE A SA PETITE IDÉE

Grand-mère et Tom avaient presque fini leur repas lorsqu'on frappa à la porte.

Tom bondit :

– C'est Loulou et Jules ! Je vais ouvrir !

Mais ce n'était pas Loulou et Jules, c'était Antoine et Géraldine qui, las de courir après Grand-mère pour la prévenir que Tom n'était ni dans la forêt, ni au port, avaient décidé d'aller aux nouvelles.

– Alors, tu es retrouvé ? Ta Grand-mère aurait au moins pu nous le dire ! Ça fait des heures qu'on la cherche partout ! On est même allés à la Bonne Anse, puisque tu n'étais ni au port ni dans la forêt... Mais rien. Personne. Pas plus de Tom que de Grand-mère ! Où étiez-vous fourrés ?

– Oh la la, si vous saviez... Venez, je vais vous raconter !

– C'est pas grave, au moins ?

– Non ! C'est même passionnant ! Vous allez voir... Mais entrez vite, on va manger le gâteau ensemble.

– Ça, c'est une bonne idée ! dit Antoine, qui adorait la pâtisserie.

Lorsqu'ils apprirent quelles aventures Tom et Grand-mère avaient vécues, ils ne voulurent d'abord pas y croire.

– Ce n'est pas vrai ! Ce n'est pas possible ! Vous en rajoutez !

– Mais non, je vous jure ! protesta Tom. D'ailleurs, Grand-mère n'a pas l'habitude de raconter des sornettes.

– Là, je me demande si tu n'exagères pas un peu, mon petit garçon, ça peut m'arriver d'en dire comme à toi... Il n'empêche que, dans le cas présent, Tom n'a rien inventé. Je ne vais tout de même pas vous montrer mon derrière endolori pour vous le prouver ! Tenez, vous allez bien voir si nous mentons : Loulou et Jules vont arriver d'un moment à l'autre avec leur énorme bête... Ils vous en apprendront plus que moi sur cet ignoble Mitron-Lamelle...

– Piston-Gamelle, Grand-mère !

– Ah oui, c'est vrai... Allez savoir pourquoi : le nom de ce malotru ne veut pas me rentrer dans le crâne ! A-t-on idée aussi d'avoir un nom pareil ! Enfin... Mais dites-moi, on n'aurait pas frappé par hasard ? Ou bien alors j'entends des voix, depuis ma chute dans la grotte !

Grand-mère ne se trompait pas. C'était Loulou et Jules qui, timidement, frappaient à la porte de la maison.

Géraldine et Antoine, très curieux de faire leur connaissance – et surtout celle de Mogador – se précipitèrent avec Tom pour leur ouvrir.

Et bientôt, tout en savourant une délicieuse

tarte aux prunes, on se mit à parler de la triste situation des malheureux confiseurs.

– Vous comprenez, expliquait Loulou à Antoine et Géraldine, bientôt, nous ne pourrons même plus nourrir Mogador !

– Pauvre bête ! dit Géraldine.

– C'est qu'il mange comme un ogre, vous savez !

« Un ogre, maintenant ! » grogna Mogador, couché sur le tapis.

– Ce serait triste qu'il n'ait plus rien à manger, s'écria Géraldine en le caressant. Un si beau chien !

« Enfin quelqu'un qui me comprend ! » se dit-il en lui-même.

Et il poussa un grand soupir d'aise...

– Il n'y a pas que Mogador, rappela Grand-mère. Ce qu'il faut, c'est trouver une solution pour vous tirer tous les trois de ce mauvais pas ! Vous allez voir : on va réfléchir ensemble, et on va sûrement trouver quelque chose.

– Moi, dit Géraldine, je sais ce que je ferais si j'étais Jules. J'irais trouver Piston-Gamelle. Je le regarderais droit dans les yeux, comme ça, et je lui dirais : « Fini de rire, Piston-Gamelle ! Si tu tiens à ta peau, fais tes valises et disparais ! Sinon, je te confie à Mogador. »

« Ben voyons, ronchonna Mogador. Rien de plus simple... »

– Et Mogador, la viande crue, il adore !

– Terrible, fit Antoine. Un vrai western. Le shérif et le hors-la-loi...

– Mais ce n'est pas un hors-la-loi ! protesta Loulou. Vous n'y êtes pas du tout ! Piston-Gamelle est un monsieur très bien, avec une grosse voiture, une grande maison et un beau costume...

– Ah, je vois le genre, dit Tom. Le monsieur qui a réussi dans la vie ! Quand on sait comment il a réussi, celui-là... Il n'y a vraiment pas de quoi se vanter !

– Moi, j'ai une idée, déclara Antoine : on va prendre des marteaux chez le père d'Amédée, on ira la nuit dans son usine, et on mettra en mille morceaux toutes ses machines à fabriquer les sucettes. Comme ça, Loulou et Jules seront tranquilles...

– Voyons, rétorqua Grand-mère, tu ne parles pas sérieusement, Antoine ! C'est beaucoup trop dangereux ! De plus, c'est illégal... Vous allez vous retrouver en prison !

– Mais on ne détruirait pas tout. Juste pour empêcher les machines de marcher. Un vrai travail de professionnel, discret et tout...

Loulou et Jules se regardèrent. Non, décidément, l'idée d'Antoine ne les tentait guère... Et puis, ils avaient encore présent à l'esprit le souvenir d'une certaine expédition... Oui, pour ça, ils avaient eu peur, lorsqu'ils avaient déménagé leurs machines pour les cacher dans la grotte, en pleine nuit, à la lueur de la lune.

– Moi, proposa Tom, j'ai une autre idée. Voilà ce qu'on va faire : on va mettre au courant les enfants de la plage, on va leur expliquer ce qui se cache derrière les sucettes, les badges, les T-shirts et les gentils cadeaux du roi de la sucette... En s'y mettant tous, en demandant leur aide à Amédée, à Sylvain, à Stéphane et aux autres, je suis sûr qu'on peut y arriver !

– Il faudrait faire des tracts, suggéra Géraldine.

– Pourquoi pas ? reprit Tom. Comme ça, Piston-Gamelle ne vendrait plus une sucette. Personne ne lui en achèterait, il serait ruiné, il s'en irait sans demander son reste, et vous pourriez à nouveau vivre comme avant.

– Tout ça, c'est bien beau, mon petit Tom, répliqua Grand-mère, mais ça ne me paraît pas très réaliste ! D'abord, qui va les fabriquer, les tracts ? Et puis tu oublies que sur la plage, il y a des milliers de gens, que les uns s'en vont, que d'autres arrivent ! Il y a aussi le problème des étrangers... Comment expliquer à un Anglais ou à un Italien qu'il ne doit pas acheter les sucettes de ce triste sire...

– Mais, madame, dit Géraldine, j'ai déjà fait un an d'anglais au lycée !

– Et Amédée connaît l'espagnol, ajouta Tom. Sa maman vient de Madrid...

– Pour le tract, reprit Géraldine, on peut demander à Sylvain, son père a une machine à écrire. Sylvain sait même taper un peu, je crois...

– Moi, mes enfants, je suis perplexe... dit Grand-mère.

– Ben oui, soupira Jules en levant les bras au ciel, on n'est pas sortis de l'auberge...

Un grand silence se fit.

– On pourrait demander à Amédée, lui qui a toujours de bonnes idées, proposa Géraldine. Il pourrait peut-être nous tirer d'affaire...

– Et si on téléphonait à Papa, suggéra Tom. Qu'en penses-tu, Grand-mère ?

– Alors là, mon petit Tom, les idées de ton père, tu sais ce que j'en dis !

– Je sais...

Il était inutile d'insister.

– Je vais sans doute vous surprendre, reprit Grand-mère, mais moi aussi, j'ai une petite idée qui me trotte dans la tête depuis tout à l'heure, et j'aimerais bien avoir votre avis... Après tout, c'est peut-être une solution...

– Vas-y ! dit Tom, on t'écoute.

– Eh bien voilà : je crois que le problème numéro un, c'est que Loulou et Jules n'ont bientôt plus de quoi vivre. Pour moi, c'est ça, le plus grave. Après, le reste, on peut voir venir... Alors voilà ce que je vous propose : vous, Loulou, et vous, Jules, vous vous remettez à fabriquer des sucettes. Entre parenthèses, ajouta t-elle en se penchant vers eux, elles sont vraiment bonnes, vos sucettes ?

– Oh ça ! Extra ! les plus b... pardon, les meilleures ! corrigea Jules en regardant Loulou.

– Je vous assure, madame, une merveille ! Vous pouvez nous faire confiance ! ajouta celle-ci.

– Vous voyez bien qu'elle vous fait marcher ! s'écria Tom, elle n'en a jamais douté !

– Eh bien dans ces conditions, reprit Grand-mère imperturbable, et puisque vous m'affirmez qu'elles sont bonnes, vos sucettes, c'est moi qui vais les vendre. Avec votre aide, bien sûr, mes enfants, si vous voulez me donner un coup de main. Comme ça, Loulou et Jules auront de quoi subsister, et Piston-Gamelle... Ah zut ! voilà encore que je me trompe ! Tom, comment s'appelle-t-il, déjà, ce monstre ?

– Mais non, Grand-mère. Pour une fois, c'était bien ça !

– Vous voyez, tout arrive... Alors qu'est-ce que je disais, moi... Je ne sais plus où j'en suis.

– Vous parliez de Piston-Gamelle...

– Ah oui ! C'est vrai. Eh bien, ce bandit ne pourra rien contre vous. Ce sera moi, le confiseur ! Il suffira pour cela de prendre quelques précautions en allant chercher vos sucettes.

– Moi, assura Géraldine, votre idée, je la trouve vraiment pas mal. Mais est-ce que c'est possible de fabriquer des sucettes dans cette horrible grotte ?

– Ma foi, répondit Jules, on pourrait rêver mieux, mais c'est possible... Il y a l'électricité, l'eau, on a les ustensiles... Seulement, il faudrait que quelqu'un aille nous acheter la matière première, et on ne trouve pas tout à Sainte-Eulalie. Il faut pousser jusqu'à Bordeaux, pour certaines choses rares.

– Si on fait ça, suggéra Antoine, moi, je peux me charger des courses à Bordeaux. Ma mère voulait y aller bientôt pour rendre visite à une amie. Je pourrais l'accompagner.

– Alors, fit Tom, on tente le coup ?

– Je ne sais pas, répondit Grand-mère. J'ai proposé ça, il faudrait peut-être encore y réfléchir. Je n'ai pas pensé à tout... Qu'est-ce que vous en dites, mes amis ? ajouta-t-elle en se tournant vers Loulou et Jules.

« Bien sûr, moi, bougonna Mogador, on ne me demande pas mon avis ! On s'en fiche comme de l'An quarante, et après ça, on racontera partout que j'ai mauvais caractère... »

– Eh bien disons que...

– Moi, s'écria Loulou, je trouve votre idée... oh mais pardon, je t'ai coupé la parole, Jules.

– Mais non, mais non, vas-y, je t'en prie.

– Merci... Votre idée, je la trouve formidable. Jules et moi, nous ne serons plus tristes, nous n'aurons plus peur de la misère. Et quand on aura assez d'argent, on pourra enfin quitter cette grotte et partir s'installer ailleurs, loin de Sainte-Eulalie.

– Ce serait dommage ! protesta Tom.

– Je trouve aussi, renchérit Antoine.

– Mais vous n'en êtes pas encore là, dit Grand-mère.

– C'est vrai, reconnut Jules. Vous avez raison : nous avons encore le temps d'y penser... Seulement, il y a une chose qu'il ne faut pas oublier et que je voulais dire tout à l'heure : vous savez, madame, Piston-Gamelle est un homme sans scrupule, et j'ai peur qu'il ne vous fasse des ennuis. Quand il se rendra compte – si ça marche – qu'il n'est plus le roi de la sucette, il va l'avoir mauvaise, croyez-moi ! Vous voyez, c'est cela qui me fait hésiter. Il y a des risques, madame !

– Des risques ? s'écria Grand-mère. Mais des risques, il n'y a que ça, dans la vie ! Regardez, l'autre jour, Tom qui manque de se noyer avec Amédée... Ah oui, c'est vrai, vous n'êtes pas au courant... Et puis, aujourd'hui, j'aurais aussi bien pu mourir en dégringolant dans votre fichue grotte ! Non, non, Bifton-Marelle ne me fait pas peur. Qu'il vienne, et il trouvera à qui parler, je vous le garantis !

– Pour ça, ne vous inquiétez pas, assura Tom. Grand-mère sait se défendre.

– Alors, demanda Antoine, qu'est-ce qu'on décide ?

– On pourrait au moins essayer ! proposa Géraldine, qui se voyait déjà en train de vendre des sucettes à tous ses copains, à sa famille... et aux Anglais de la plage.

– Eh bien, essayons ! dit Grand-mère. Mais si

on essaye, il faut essayer pour de bon... Tom, va me chercher du papier et un crayon, s'il te plaît. Il va falloir se répartir le travail...

Il était plus de minuit lorsqu'ils se séparèrent. Tom bâillait comme une carpe, Antoine n'arrivait plus à garder les yeux ouverts. Quant à Géraldine, il avait fallu la réveiller, car elle s'était endormie entre les pattes de Mogador, ravi d'une compagnie aussi charmante.

Ils étaient fatigués, certes, mais l'essentiel était réglé. On avait établi une liste de ce qu'il fallait acheter à Sainte-Eulalie, une autre pour Antoine, qui avait promis de tout faire pour convaincre sa mère d'aller au plus vite rendre visite à son amie de Bordeaux. Et Géraldine, avant de s'endormir près de Mogador, avait accepté d'acheter des paniers d'osier en compagnie de sa sœur Aurore... Eh oui ! des paniers d'osier ! Car pour vendre des sucettes, il faut bien un panier...

Pour finir, ils s'étaient mis d'accord sur un beau slogan :

DEMANDEZ LES SUCETTES DE MÈRE-GRAND AUSSI BONNES QU'AU BON VIEUX TEMPS !

– A nous deux, Triton-Cannelle, dit Grand-mère en éteignant la lumière. On va voir ce qu'on va voir !

Le lendemain, chacun se mit à l'ouvrage.

Antoine réussit à convaincre sa mère d'aller le jour même à Bordeaux ; Tom passa sa matinée à faire des courses avec Aurore et Géraldine. Loulou et Jules nettoyèrent leurs machines et installèrent tant bien que mal un laboratoire de fortune ; Amédée, qui avait accepté avec enthousiasme d'aider Grand-mère dans son entreprise, se précipita à la plage pour trouver du renfort. Il n'eut guère de mal à en obtenir d'ailleurs, car qui n'a pas envie de jouer à la marchande pour de vrai ?

Quant à Grand-mère, elle alla à la mairie de Sainte-Eulalie, où on lui délivra une « autorisation temporaire de commerce ambulant ». « Mieux vaut être prudente, avait-elle songé. Avec un loustic comme Pignon-Gazelle, on ne sait jamais ! »

Tout allait donc comme sur des roulettes, lorsqu'on s'aperçut soudain qu'on avait oublié une chose essentielle : les bâtons. Une sucette sans bâton, ce n'est pas une sucette !

Les choses se compliquèrent, quand ils surent que le magasin où s'approvisionnait Jules à La Rochelle était fermé. C'étaient les vacances. Et le seul qui était ouvert leur proposa – ô horreur ! – des bâtonnets de plastique. Lorsque Jules apprit cela, il entra dans une sainte colère.

– C'est bon pour les cochonneries de Piston-Gamelle, ces trucs-là ! Moi je veux des bâtons en bois, ou pas de bâton du tout ! C'est mon honneur qui est en jeu !

Par bonheur, Amédée trouva une solution à ce grave problème : il alla voir un ami de son père, un vieux menuisier qui avait toujours un mégot jaunâtre entre les lèvres, et il réussit à le convaincre.

– Mais qu'est-ce que tu veux faire avec ça, petit ?

– C'est pour fabriquer une maquette, inventa Amédée, qui ne voulait surtout pas trahir le secret de l'entreprise.

– Une maquette ? Avec des petits bâtons ronds ? Prends plutôt des allumettes. Ce sera bien plus simple ! Tu veux fabriquer une tour Eiffel ou quelque chose comme ça ?

– Non, dit Amédée, un bateau à voile.

– Si c'est ça, je vais te découper des planchettes en contreplaqué, ce sera beaucoup plus pratique... Et je te les ferai plus longues... Dix centimètres, c'est trop court.

Il était bien gentil, ce brave menuisier, mais il était aussi fort malin ! Amédée était très ennuyé : il ne pouvait pas lui dire la vérité, et en même temps, il sentait bien que ses explications ne valaient pas tripette...

– Et pour quand il te les faut, tes bidules ?

– Pour demain, dit Amédée.

– Alors là, mon petit gars, tu ne manques pas de toupet ! C'est que moi, je n'ai pas que ça à faire ! J'ai mes commandes. Tiens, regarde : un escalier en colimaçon, un comptoir pour le nouveau café du port, et le youyou de ton père à réparer...

Amédée devint tout blanc. « Mon Dieu, se dit-il, sans bâtons, on est fichus ! »

– Mais voyons, qu'est-ce que tu as, mon garçon ? Tu es pâle comme un linge. Ça ne va pas ? Ce n'est quand même pas parce que je ne te fais pas ça tout de suite que tu vas tomber dans les pommes ! Tu n'es plus un bébé !

– C'est que, dit Amédée les larmes aux yeux, c'est important ! Je ne peux rien vous dire, mais sans ces bâtons, on est fichus !

– Alors là, déclara le menuisier en rallumant son vieux mégot, ou tu m'en dis trop, ou tu ne m'en dis pas assez... On est fichus ! Qui ça « on » ? Pourquoi « fichus » ?

– Ben, des amis à moi, la grand-mère de Tom, et puis d'autres amis qui ont des ennuis...

– Et avec tes petits bâtons, tu sauves tout le monde... Si tu n'avais pas l'air si triste, je te dirais que tu te payes ma tête, mon petit gars ! Allons, tu devrais me dire la vérité ! C'est toujours mieux ! Vous avez fait une grosse bêtise, et vous êtes bien embêtés, c'est ça ?

– Oh non ! dit Amédée. Vous n'y êtes pas ! Au contraire !

Et en désespoir de cause, il lui avoua toute la vérité.

– Fallait le dire, au lieu de me raconter des trucs à dormir debout ! J'y vois clair maintenant : tu as raison, c'est urgent ! On s'y met tout de suite, tu vas me donner un coup de main...

C'est ainsi que, fier comme un paon, Amédée alla porter le soir même à la grotte un sac plein de bâtons en bois.

– Joli travail, fit Jules, et je m'y connais.

– Il ne vous manque plus rien, maintenant ? demanda Amédée.

– Non non, on a tout ce qu'il faut, et demain, on se met à l'ouvrage. N'est-ce pas, Loulou ?

– Quand est-ce qu'on pourra venir les goûter ? demanda Amédée.

– Après-demain soir, je pense que les premières sucettes seront prêtes...

– Je peux le dire aux autres ?

– Mais bien sûr, dit Loulou. Vous êtes tous si gentils avec nous !

Ce soir-là, il y avait du monde dans la grotte où se cachaient Loulou et Jules. Mogador était aux anges parce qu'il avait retrouvé son amie Géraldine ; s'il avait été un chat, il aurait fait ron-ron toute la soirée...

Grand-mère était là aussi, ainsi que Tom, Antoine, Aurore, et les copains qu'Amédée avait trouvés pour leur donner un coup de main.

On goûta les sucettes. On les goûta si bien, que Grand-mère fut forcée de modérer leur ardeur.

– Si vous continuez comme ça, mes enfants,

on n'aura plus grand-chose à vendre demain matin.

– Elles sont si bonnes ! s'écria Géraldine en se léchant les babines. Ah la la, c'est autre chose que les caca-bâtons de Piston-Gamelle !

Loulou et Jules étaient ravis. Il y avait longtemps qu'ils n'avaient eu le plaisir de voir savourer les produits de leur art !

– C'est pas tout ça, rappela Tom en finissant sa troisième sucette, mais on n'est pas là pour plaisanter.

– J'allais le dire ! ajouta Grand-mère. Mes enfants, il va falloir qu'on apprenne à reconnaître les parfums, qu'on discute des prix, et qu'on se répartisse le terrain...

– Je vais faire un plan de la Grande Plage, proposa Antoine.

– Et les autres plages, on n'y va pas ? demanda Mohammed.

– Bien sûr que si, répondit Amédée, il y a beaucoup de monde aussi là-bas !

– Ah ça oui ! ajouta Aurore, il faut faire toutes les plages !

– Même la Bonne Anse ?

– J'irai avec mon vélo, si vous voulez, proposa Antoine, il y a pas mal de pêcheurs, et des enfants quelquefois !

– Si tu veux, dit Grand-mère. En vélo, après tout, c'est possible... Mais je voulais vous parler d'une chose qui me préoccupe : j'ai bien réfléchi, et je crois que, finalement, il vaut mieux

que nous fassions des petites équipes de deux...

– De deux ? demanda Tom. Pourquoi donc ?

– Ce serait plus sûr !

– Alors là, je vous approuve totalement, madame, dit Loulou. On n'est jamais trop prudent. Imaginez un peu la tête des vendeurs de Piston-Gamelle quand ils vont s'apercevoir qu'ils ne sont plus tout seuls. A deux, on se défend mieux, et puis c'est plus amusant... croyez-en mon expérience... C'est que Jules et moi, on en a vendu des sucettes sur les plages...

– Alors, personne n'est contre ?

Personne n'était contre, et l'on forma les équipes : Tom avec Géraldine et Grand-mère avec Sylvain se partageraient la Grande Plage ; Antoine irait avec Aurore à la Bonne Anse en faisant les petites plages l'une après l'autre ; quant à Amédée et Mohammed, ils se chargeraient du port et des criques qui faisaient le paradis des naturistes.

La soirée se termina à inventer des slogans de toute sorte – dont certains n'étaient pas tendres pour l'infâme Piston-Gamelle – et l'on se donna rendez-vous le lendemain, chez Grand-mère, à dix heures.

MOUCHAM SORT DE L'OMBRE

Une catastrophe, une véritable catastrophe ! Ils avaient tous ce mot à la bouche lorsqu'ils se retrouvèrent le soir, trempés, dégoulinants, grelottants, chez Grand-mère...

Après un premier rayon de soleil, il s'était mis à pleuvoir, les grains avaient succédé aux grains, il avait fait un vent à décorner les bœufs.

Avec tout ça, bien sûr, la pêche était maigrelette : Grand-mère, en compagnie de Sylvain, avait vendu une vingtaine de sucettes. Tom et Géraldine n'avaient guère fait mieux. C'est Amédée et Mohammed qui avaient réussi le plus beau score, si l'on peut dire : ils en avaient vendu vingt-huit. Quant à Antoine et son amie Aurore, alors là, c'était le désastre : cinq de vendues, pas une de plus ! Sans compter qu'ils avaient fini par avouer que sur les cinq, il y en avait une qu'Antoine avait vendue à Aurore, et une autre qu'Aurore avait vendue à Antoine, histoire de ne pas rentrer bredouille...

– Si vous aviez vu ça, la Bonne Anse aujourd'hui avec ce temps de cochon ! C'était un désert ! Pas un chat, sinon quelques vieux pêcheurs qui nous ont envoyés paître avec nos sucettes... On a fait ce qu'on a pu. Mais franchement, un temps pareil, pour le premier jour, c'est vraiment la poisse !

La poisse ! C'était le mot. Serrés silencieusement les uns contre les autres, accablés par ce coup du sort, ils faisaient peine à voir, nos confiseurs déconfits.

Ce fut Grand-mère qui la première rompit ce silence affligé.

– Alors mes enfants, on laisse tomber ? On se laisse abattre par deux gouttes d'eau ?

– Deux gouttes d'eau ? Vous en avez de bonnes ! dit Antoine qui n'avait plus un poil de sec.

– Écoutez, reprit Grand-mère devant toutes ces mines d'enterrement, vous allez vous sécher et allumer un bon feu dans la cheminée. Pendant ce temps-là, moi, je vais préparer des beignets...

– Ça, c'est une bonne idée, s'écria Tom.

– Oui, et après, on ne tardera pas trop à aller se coucher pour être d'attaque demain matin ! On ne sait jamais, peut-être que le temps s'arrangera... Vous savez bien qu'à Sainte-Eulalie, ajouta Grand-mère en faisant un clin d'œil à son petit-fils, le mauvais temps ne dure jamais.

Grand-mère ne s'était pas trompée. Le lendemain, il faisait déjà bien meilleur. Il y avait encore quelques nuages, l'air était encore un peu frais, mais rien à voir avec la veille... D'ailleurs, il y avait du monde sur la plage, si bien que les affaires ne marchèrent pas si mal. Une chance, car le moral des troupes en avait bien besoin, après la catastrophe de la veille !

– Vous voyez, mes enfants, dit Grand-mère, il faut avoir un peu de patience. Si le beau temps continue, les gens vont commencer à nous connaître, et là, je n'ai pas d'inquiétude, Loulou et Jules seront à l'abri du besoin pour un bon bout de temps.

– Combien on a gagné aujourd'hui ? demanda Antoine.

– Pas loin de six cents francs, si je ne me suis pas trompée dans mes comptes...

– Pas plus ? s'étonna Aurore, persuadée qu'ils avaient fait des affaires en or.

– Non, mais si on continue comme ça, dit Tom, ça va en faire des sous ! Tu n'as qu'à calculer !

Et chacun se mit à prier pour que le soleil brille encore quelques jours.

Comme le soleil avait beaucoup à se faire pardonner, il exauça leurs vœux au-delà de leur espérance. Pendant plus d'une semaine, il fit un temps extraordinaire. Sur les plages de Sainte-Eulalie, c'était la grande affluence, et la petite équipe de Grand-mère ne savait plus où donner de la tête. Un jour, Antoine avait même été obligé de laisser Aurore seule à la Bonne Anse pour revenir faire des provisions de sucettes en plein jour à la grotte. En une matinée, ils avaient tout vendu !

Grand-mère avait vu juste en misant sur la

qualité : sitôt qu'ils avaient eu le choix, les enfants – et bien des gourmands d'un âge plus respectable – avaient préféré les bonnes sucettes de Loulou et Jules : leur goût était exquis, elles ne sentaient pas la pharmacie, et elles avaient un vrai bâton en bois !

Dès que les sucettes de Grand-mère commencèrent à être connues sur les plages, les uns et les autres n'eurent même plus besoin de se fatiguer à crier quoi que ce soit. Fini « les sucettes de Mère-Grand, aussi bonnes qu'au bon vieux temps ! » Les enfants et leurs parents, les amateurs avertis, venaient à leur rencontre : ils avaient des clients fidèles sur toutes les plages. Et malgré leur gaucherie, leur manque d'expérience, ou justement à cause de l'une et de l'autre, les gens les trouvaient sympathiques, à commencer par Grand-mère qui s'arrêtait souvent pour faire un brin de causette avec des personnes de son âge. Bref, les sucettes partaient comme des petits pains, et chacun tirait une fierté légitime de ce beau succès qui s'affirmait de jour en jour.

Évidemment, le bonheur des uns ne fait pas forcément le bonheur des autres... Et les pauvres bougres qui s'acharnaient à vendre les sucettes de Piston-Gamelle pour gagner leur maigre pitance, en firent l'amère expérience : des sucettes, ils en vendaient de moins en moins ! Une par-ci, une par-là, aux étrangers surtout, et aux tout-petits...

C'était d'autant plus bizarre qu'en les engageant, Piston-Gamelle leur avait dit qu'à Sainte-Eulalie – et dans tous les environs d'ailleurs – il était le seul, oui, le seul ! à fabriquer et vendre des sucettes. Ça n'avait pas été sans mal, il avait fallu remonter ses manches et se battre, mais aujourd'hui, leur avait-il expliqué, il était le Roi de la sucette ! Sans rival à des kilomètres à la ronde. C'est pourquoi, avait-il ajouté, un vendeur à son service ne pouvait que réussir. Mais attention ! Il ne fallait pas qu'ils soient trop exigeants sur leur salaire : vendre les sucettes Piston-Gamelle n'était pas un travail. C'était un jeu d'enfant ! Presque un plaisir ! Qu'ils se le tiennent pour dit.

Les pauvres étaient donc fort perplexes. Que se passait-il à Sainte-Eulalie ? Les gens avaient-ils une soudaine horreur des sucettes ? Était-ce une ruse de Piston-Gamelle pour les payer moins encore ? Ils étaient d'autant plus perplexes que chacun s'imaginait être le seul à qui arrivait pareille tuile, et qu'aucun n'osait en parler aux autres. C'était la loi du silence.

Mais l'argent ne rentrait plus comme avant et les tas de sucettes grossissaient à vue d'œil dans les réserves, si bien que Piston-Gamelle ne tarda pas à s'apercevoir de la chose.

Il ne fit ni une ni deux : le soir-même, il convoqua tous ses vendeurs, les traita de fainéants, de bons à rien, et, pour faire un exemple, il en mit deux à la porte.

Le premier tenta bien de lui expliquer que ce n'était pas de leur faute, qu'on ne pouvait pas coller de force les sucettes de monsieur Piston-Gamelle dans la bouche des enfants, celui-ci ne voulut rien savoir. Des paresseux, voilà ce qu'ils étaient, pire que des couleuvres ! Des parasites qui passaient leur temps à l'ombre des parasols à faire Dieu sait quoi, au lieu d'arpenter les plages en tous sens...

Alors, le second se fâcha :

– Allez-y, vous, à longueur de journée sous le soleil, au milieu des gens qui se reposent ! Et pour un salaire minable en plus ! Je vais vous le dire, moi, pourquoi elles se vendent mal, vos sucettes : elles sont infectes ! La première que j'ai goûtée, j'ai même pas pu la finir. Et les gosses, quand ils me voient débarquer sur la plage avec mes sucettes, vous savez ce qu'ils me crient en rigolant ? : « V'là Tonton caca-bâton ! » Voilà ce qu'ils crient, les gosses ! Alors vos sucettes, moi, j'en ai par-dessus la tête ! Je préfère encore aller laver des voitures plutôt que de rester un jour de plus dans cette sale boîte !

Et il sortit en claquant la porte.

« Quelle journée ! » pensa Piston-Gamelle, une fois rentré chez lui. Il était de mauvaise humeur. Et il y avait de quoi. Cette histoire de sucettes qui subitement se vendaient mal le tracassait. Oh ! il ne regrettait pas d'avoir fichu ces deux fainéants à la porte : cela ferait réfléchir les autres. Pourtant, il avait du mal à croire que c'était seulement la faute de ses vendeurs – ça n'expliquait pas tout. Même chose d'ailleurs avec cette histoire de caca-bâton : c'est vrai qu'elles n'étaient pas fameuses ses sucettes. Mais il ne fallait pas exagérer ! De là à en vendre moitié moins qu'avant, presque du jour au lendemain, alors que la saison battait son plein, c'était à n'y rien comprendre.

« Il y a un mystère là-dessous, se dit-il en allant se coucher. Il faudra tirer ça au clair... »

Par chance pour Piston-Gamelle, le mystère ne dura point. Le hasard voulut que quelques jours après, l'un des vendeurs qu'il n'avait pas – pas encore ! – mis à la porte, aperçut Grand-mère sur la plage.

« Ça alors ! se dit-il, le patron nous a menti. Il n'y a pas que lui, dans le coin, à fabriquer des sucettes. »

Il dissimula son panier, s'approcha d'elle et se mit à discuter. Grand-mère, qui aimait bien de temps en temps faire un petit brin de causette, lui répondit volontiers : mais oui, mais oui, ses sucettes, elle les fabriquait elle-même. Une vieille recette de famille. Si elles étaient bonnes ? Mieux que ça, excellentes ! D'ailleurs, il n'avait qu'à lui en acheter une pour goûter. Il verrait bien par lui-même. Si les affaires marchaient ? Oh ! pour ça, elle n'avait pas à se plaindre. C'était inespéré. Un vrai succès.

Lorsque Piston-Gamelle apprit la chose, il ne voulut pas y croire : « Ce n'est pas possible ! se dit-il. Toute seule, sans machine, cette bonne femme ne peut pas fabriquer autant de sucettes et passer son temps à les vendre. Or j'ai acheté toutes les machines de la région... Ce n'est pas possible ! Il y a quelque chose qui cloche dans cette histoire...

Piston-Gamelle n'avait pas tort, il faut bien le dire. Mais il avait beau réfléchir, faire des vérifications, se renseigner sur le compte de Grand-mère, il ne trouvait pas la clé de ce nouveau mystère.

Le temps qui passait, toutes ces sucettes qui lui restaient sur les bras, et cette vieille folle qui lui volait ses clients... Piston-Gamelle en était malade.

Un jour enfin, exaspéré, il prit une décision :

– Vite, appelez-moi Moucham à Bordeaux ! dit-il à sa secrétaire. S'il n'est pas là, laissez un message. Dites que c'est urgent. Qu'il me rappelle dès qu'il pourra !

Quelques instants plus tard, le téléphone sonnait.

Moucham était un espion de profession. Il exerçait depuis des années le métier de détective. Il avait trempé dans une ribambelle d'affaires louches, véreuses, pas très honnêtes, mais il s'en tirait toujours d'une façon ou d'une autre.

Moucham n'était pas beau. Il avait le cheveu rare et un petit bedon triste qui lui donnait l'air d'un pot à tabac. Il avait le teint gris, gris muraille, comme son vieux costume élimé. Il portait des lunettes de soleil la nuit comme le jour, pour passer inaperçu. Son imperméable mastic lui non plus ne le quittait jamais. Ce qui frappait le plus, chez lui, c'était son nez, un long nez un peu flasque. On aurait dit un nez en caoutchouc qui pendait à force d'avoir reniflé partout.

Il n'était pas très malin, Moucham, pas très courageux non plus, mais il avait du métier : la filature, ça le connaissait ! Il fallait le voir raser les murs, se cacher dans l'ombre, s'approcher sans bruit avec ses chaussures aux épaisses semelles de crêpe. C'était un as, dans son genre. Et s'il n'avait pas été aussi lâche, le pauvre, il aurait pu réussir une belle carrière à l'américaine. Mais que voulez-vous, on ne se refait pas : voilà pourquoi Moucham avait travaillé toute sa vie pour des clients du genre de Piston-Gamelle... Ça payait bien, il n'avait pas à se plaindre... Avec le temps, il en avait pris son parti...

Il n'empêche que, cette fois, le problème était délicat : lui qui travaillait surtout dans l'ombre, voilà qu'il devait enquêter en plein soleil, et sur une plage, en plus.

Il rentra chez lui, fouilla dans son armoire, et enfila un vieux maillot de bain qui datait bien de 1950.

Lorsqu'il se regarda dans la glace, ce qu'il vit lui fit faire la grimace : blanc comme un lavabo, son petit bedon en avant, ses jambes maigrelettes, sa poitrine étroite parsemée de quelques malheureux poils... En vérité, ce n'était pas une réussite.

« Dans une tenue pareille, tout le monde va me repérer au premier coup d'œil, se dit-il. Non... en fin de compte je travaillerai la nuit... »

Il renfila son costume gris, remit ses lunettes noires et son imperméable, et aussitôt, il se sentit beaucoup mieux.

Puis il alla dans son bureau, lut le dossier que lui avait envoyé Piston-Gamelle, examina un plan de Sainte-Eulalie, et consulta la liste des hôtels.

« J'espère que j'arriverai encore à trouver une chambre... On est en plein mois d'août. Je n'aimerais pas passer la nuit sur la plage. Enfin, on verra bien... »

Et d'un geste machinal, il vérifia sa lampe-torche, sortit d'un tiroir un passe-partout qu'il glissa dans la poche de son imperméable.

Puis il étudia l'horaire des trains : « J'y serai demain soir, se dit-il. Inutile d'arriver avant, il ferait encore jour... »

Dès qu'il eut trouvé une chambre – il finit par en dénicher une dans un hôtel douteux qui donnait sur la voie de chemin de fer –, il partit reconnaître le terrain : cette nuit-là, l'on vit une ombre rôder un peu partout dans les rues de Sainte-Eulalie.

« Voyons un peu la maison de cette sacrée bonne femme » se dit Moucham.

Il consulta son plan à l'aide de sa lampe-torche, et arriva devant une maison toute simple : un petit jardin devant, des fleurs, deux ou trois arbres – dont un cerisier – une table, des chaises... La maison avait un étage. Le rez-de-chaussée était encore éclairé.

– Onze heures, vérifia Moucham, et elle ne dort pas encore, la grand-mère...

Il s'approcha, et entendit des cris, des rires.

– Non seulement elle ne dort pas, mais en plus elle se donne du bon temps, celle-là !

Soudain, il n'eut que le temps de se dissimuler derrière un arbre : la porte d'entrée s'ouvrit, une bande de joyeux lurons sortit. Des filles, des garçons...

– Dix, douze ans, estima Moucham, en risquant un œil. Rien de particulièrement suspect, me semble-t-il...

La bande de gosses se dispersa dans la nuit, les uns à pied, les autres en vélo.

– Ah, elle va sûrement aller se coucher, maintenant ! Et moi, je pourrai en faire autant...

Moucham attendit.

Mais non, la lumière était toujours allumée. « Elle aura oublié d'éteindre, se dit-il. » D'autant plus qu'il avait vu quelqu'un fermer les volets du premier étage.

Comme la lumière restait toujours allumée – il était minuit passé, maintenant –, Moucham, piqué par la curiosité, risqua le tout pour le tout. Il quitta sa cachette et s'approcha de la fenêtre, histoire de jeter un coup d'œil.

« Heureusement que j'ai mes grosses semelles de crêpe, sinon, avec ce gravier... »

Moucham avançait imperceptiblement, un peu comme un serpent... Il arriva enfin sous la fenêtre, et s'accroupit. Le moment délicat était arrivé !

« Si quelqu'un me voit, j'aurais intérêt à ne pas m'éterniser ici ! » Il jeta un coup d'œil en arrière. « Bah, le jardin n'est pas bien grand... En quelques enjambées, je pourrai m'enfuir... »

Il vérifia qu'il avait bien laissé le portail du jardin entrouvert. Pas de problème.

« Bon, allons-y ! » Et il se leva lentement pour regarder ce qui se passait à l'intérieur.

Ce qu'il vit l'intéressa vivement. La vieille – elle n'était pas si vieille que ça, d'ailleurs, une bonne soixantaine peut-être – n'était pas seule. Elle était en compagnie de deux autres personnes à peu près du même âge : un homme et une femme. A côté du fauteuil, il y avait un gros chien, genre berger allemand.

« Belle bête », jugea Moucham.

Mais à ce moment précis, le gros chien leva la tête, aperçut Moucham, et fonça d'un trait vers la fenêtre en aboyant furieusement.

– Bon Dieu de bon Dieu ! fit Moucham, en décampant sans demander son reste. Bon Dieu de bon Dieu, je l'ai échappé belle... Ce chien n'a pas l'air commode.

Moucham s'arrêta de courir. Il était en nage. Il retira son chapeau et ses lunettes noires pour s'éponger le front et reprendre haleine. Il regarda l'heure. « Déjà minuit et demi. Moi, je rentre ! »

Les quelques noctambules qui le croisèrent se retournèrent sur son passage. Singulier personnage, tout de même !

Il faut dire que Moucham, par déformation professionnelle, ne pouvait se déplacer qu'en rasant les murs, et en se ménageant des haltes, chaque fois qu'il pouvait se dissimuler quelque part sans être vu...

Il se faufila si bien dans son hôtel que personne ne s'aperçut de son retour. Il sortit son passe-partout, ouvrit la porte de sa chambre, s'allongea sur son lit, et se mit à réfléchir.

« Un : la maison est trop petite pour y installer une fabrique de sucettes. D'autant plus qu'il n'y a pas de cave. Je n'ai vu aucun soupirail. Bon !

Deux : la vieille en question n'est pas folle, elle a toute sa tête, elle a même l'air d'être en pleine forme. Si j'en crois ce que j'ai pu en voir... Elle n'a pas peur de veiller le soir.

Trois : elle a des amis à Sainte-Eulalie, et ceux-là, avec leur chien – si le chien est bien à eux, naturellement – ceux-là, ils n'ont pas l'air de touristes ! D'abord, ils sont aussi bronzés que moi, ce qui n'est pas peu dire... Ensuite, ce n'est pas le genre. Voyons... c'est plutôt le genre petits retraités honnêtes, qui ne roulent pas sur l'or... D'anciens fonctionnaires, peut-être. Ou des rentiers, ou des petits commerçants qui ont vendu leur affaire... Mais ce qui me chiffonne, c'est qu'ils avaient l'air drôlement gais, tous ces gens. Comme s'il y avait de quoi rire, dans la vie ! Je vous demande un peu... Oui, les jeunes comme les vieux respirent la joie de vivre... Bizarre... Enfin, c'est peut-être parce que la vieille est en train de faire fortune avec ses sucettes... En tout cas, la clé du mystère, c'est la grand-mère. Demain, je ne la quitte pas d'une semelle... »

C'est ainsi que le lendemain, Moucham suivit de loin, de très loin, pour ne pas se faire repérer, les activités de Grand-mère.

Le matin, il l'avait vue sortir de chez elle avec un panier sous le bras. D'autres sortirent également.

« Mais... C'est la bande d'hier soir ! remarqua-t-il. Tiens, je reconnais le garçon et la fille qui sont repartis en vélo... Ils sont combien, voyons un peu : cinq ou six, ce doit être à peu près ça... »

Seulement il eut beau attendre les deux autres, ceux qu'il avait entrevus hier soir et à qui devait sûrement appartenir le chien, ces deux-là, il ne les vit pas sortir de la maison.

Il prit alors le chemin de la plage.

Moucham souffrait. Tout ce soleil, ces gens dévêtus, ces gosses bruyants, non, décidément, il avait vu juste : Sainte-Eulalie n'était pas un endroit pour lui. Il fut tenté de rentrer à l'hôtel et d'y attendre la nuit. Mais sa conscience professionnelle l'emporta, et sans doute aussi le désir d'en finir au plus vite avec cette histoire.

Il eut alors l'idée de s'acheter des jumelles, et de suivre d'une terrasse de café – bien ombragée, si possible – les faits et gestes de cette curieuse marchande de sucettes.

« C'est bizarre, songea Moucham qui ne lâchait pas ses jumelles, on dirait qu'elle fait ça pour se distraire... Tiens, la voilà qui pose son panier et qui discute avec une vieille dame... Ça y est, elle reprend son panier... Elle n'a pas l'air pressée de les vendre, ses sucettes... C'est bien cela. Elle fait ça en amateur ! »

Seulement, au bout d'un moment d'observation, Moucham se rendit compte que, ses sucettes, elle les vendait bel et bien ! Des gosses venaient lui en acheter. Et elle, tout en continuant à papoter avec l'un ou avec l'autre, écoulait tranquillement sa marchandise...

– Monsieur désire ?

C'était le garçon. Moucham eut d'abord le réflexe de se cacher sous la table, mais il se reprit à temps.

– Un café noir, bien noir...

– Bien, monsieur, dit le garçon, un peu étonné par son comportement.

Vite, il saisit à nouveau ses jumelles : « Bon Dieu, la voilà qui s'en va ! »

Effectivement, Grand-mère, qui avait déjà tout vendu, repartait avec Sylvain s'approvisionner à la grotte.

Moucham se leva précipitamment et fonça entre les tables.

– Mais, et votre café, monsieur !

– Pas le temps... Une autre fois...

Et Moucham disparut dans la foule, laissant le garçon ébahi, son plateau à la main.

Ce qu'il avait redouté le plus arrivait : il était forcé de suivre cette bonne femme en plein soleil, sur la corniche, et il sentait les gens se retourner sur son passage. Comment passer inaperçu dans des conditions pareilles ?

Moucham suait à grosses gouttes, ses semelles de crêpe collaient au goudron chaud de la route. Il maudissait Piston-Gamelle. « Celui-là, il ne m'attire que des ennuis. A chaque fois, c'est pareil... »

Il s'arrêta pour vérifier s'il avait bien pris ses jumelles. « Ça y est ! Je les ai oubliées au café ! » Décidément, c'était son jour.

Il se remit en route, et au trot. A aucun prix il ne fallait perdre sa trace !

Elle avançait là-bas, sous le soleil, en compagnie d'un môme. Fille ou garçon, allez savoir à notre époque ! Surtout à cette distance !

On sortait de Sainte-Eulalie, les villas se faisaient plus rares. Bientôt, il n'y eut plus de maisons du tout : ici et là, un vieux blockhaus abandonné, et au loin, les deux silhouettes, avec le panier.

Moucham retira un instant ses lunettes, les essuya avec son mouchoir pour tenter d'y voir un peu plus clair. Quand il releva la tête, il crut qu'il était devenu fou : rien ! Plus rien ni personne ! La vieille et le môme avaient disparu comme par enchantement.

« Ça, alors ! Où sont-ils passés ? Ce n'est pas possible ! Je n'ai pas baissé les yeux plus d'une seconde... C'est bien ma veine ! Enfin, continuons tout de même, ils se sont peut-être assis contre un blockhaus pour se reposer... »

Moucham suivit la corniche : il aperçut bientôt une petite crique, qu'il dépassa. Là non plus, il n'y avait personne.

C'est alors que son long nez en caoutchouc se mit à remuer. « Mais... mais, ça sent le caramel ici ! Ou bien le chocolat... En tout cas, ça ne devrait pas sentir ça ici ! »

Il revint sur ses pas. L'odeur, délicieuse au demeurant, venait bien de la crique. Et pourtant, il ne voyait rien ni personne. Juste une mouette, qui avait l'air de se moquer de lui.

« Il faut que j'en aie le cœur net ! » pensa Moucham. Et avec d'infinies précautions, il descendit dans la crique. « Pas de doute, l'odeur vient bien d'ici ! »

C'était un parfum si agréable que le nez de Moucham en tortillait d'aise. Ce n'était pas tous les jours qu'il avait ce plaisir, le nez de Moucham !

« Je parierais que c'est dans ce coin qu'on fabrique les sucettes ! Ça sent vraiment trop bon ! C'est sûrement par ici... Mon vieux Moucham, tu brûles, à n'en pas douter, se dit-il confiant. Il doit bien y avoir une entrée quelque part, ce n'est pas possible autrement ! »

Il commença par se mettre à l'aise : c'était contraire à ses habitudes, mais il faisait une chaleur tropicale dans cette maudite crique ! Il plia soigneusement son imperméable mastic et son veston gris, les posa dans un coin, à l'abri des regards indiscrets.

– Ouf ! s'écria-t-il en retroussant ses manches de chemise, je serai tout de même mieux ainsi pour faire le boulot qui m'attend...

Il se mit alors à fouiller méthodiquement les lieux, à inspecter mètre par mètre le sable et les rochers.

Au beau milieu de la crique, il aperçut soudain comme une sorte d'entonnoir, bien rond. « Tiens, tiens, se dit Moucham, dont le nez s'agitait curieusement. Tiens, tiens... »

Il s'approche, à tout hasard. Mais à peine a-t-il fait trois pas, qu'il sent tout d'un coup le sol se dérober sous ses pieds : il glisse, glisse, et dans un grand cri, disparaît.

Grand-mère et Sylvain, qui venaient d'arriver chez Loulou et Jules, buvaient tranquillement un jus de citron bien frais pour se remettre de la chaleur.

– C'est que le soleil tape aujourd'hui, soupira Loulou.

– Si vous voyiez le monde qu'il y a sur la plage ! dit Sylvain. D'ailleurs, on a tout vendu en un clin d'œil, surtout les sucettes à la menthe, elles sont si rafraîchissantes !

– Oui, constata Jules, il va falloir qu'on se remette à en faire. Des sucettes à la menthe, on n'en a presque plus.

– C'est le succès, mes enfants, c'est le succès, se réjouit Grand-mère.

– Sans doute, reprit Jules, mais si ça continue, nous, on ne va plus arriver à fournir ! Tenez, je n'ai même pas encore terminé les sucettes au caramel...

– Mon Dieu qu'il fait bon chez vous ! s'écria

Grand-mère, l'air est si frais dans la grotte... Et puis ce silence ! Ça nous change de la plage. Quel boucan, croyez-moi ! une vraie...

Mais Grand-mère n'eut pas le temps d'achever sa phrase. On entendit un grand cri, Mogador bondit, fonça en aboyant furieusement vers la grotte, et bientôt le vacarme devint assourdissant.

– Bon sang, pesta Jules, quelqu'un serait encore tombé dans la grotte par la trappe ? Je l'avais bien refermée pourtant !

– Il faut aller voir, estima Loulou, on ne sait jamais ! N'oublie pas le fanal, Jules.

– Je vous accompagne, dit Grand-mère.

– Je peux venir, moi aussi ? demanda Sylvain.

– Bien sûr ! répondit Jules, suis-moi, mon petit.

Lorsqu'ils arrivèrent dans la grotte, ils ne mirent pas longtemps à comprendre.

Un drôle d'individu à la mine patibulaire, avec un long nez qui lui pendait au milieu de la figure, se débattait avec Mogador qui tirait comme un beau diable sur le pan de sa chemise.

– Cette fois, si ce n'est pas un espion ! s'exclama Jules.

– Allons voyons, Jules, protesta Loulou. Tu ne vas pas recommencer à chaque fois. C'est une obsession !

– Pourtant, cette fois, dit Grand-mère, cet

individu a la tête de l'emploi ! Mais vous avez raison, Loulou, il ne faut pas se fier aux apparences...

– Au secours ! criait l'homme. Retenez cette bête... Par pitié, retenez-la !

– Mogador ! Viens ici tout de suite ! intima Jules sur un ton autoritaire.

Mogador abandonna sa proie à contrecœur. Car lui, il avait tout de suite reconnu le visiteur nocturne de la veille ! Mais allez leur faire comprendre ça, vous, quand on ne sait qu'aboyer...

– N'ayez pas peur, monsieur. On ne vous fera pas de mal, assura Loulou en s'approchant de l'homme avec son fanal.

Mais lorsque l'homme aperçut Loulou, Jules et Grand-mère, il poussa un cri de terreur, comme si, soudain, il avait vu le diable. Il essaya de se lever pour s'enfuir, et retomba en gémissant.

– Pitié ! soignez-moi ! Je dirai tout. Je ne supporte pas de souffrir comme ça...

– Il dira tout ? reprit Grand-mère. Qu'est-ce que ça signifie ?

– Ben oui, ajouta Loulou, c'est bizarre... On ne lui a rien demandé.

– J'avoue... j'avoue que je travaille pour Piston-Gamelle, que je suis payé pour vous espionner. J'avoue tout. Mais qu'on me soigne, par pitié !

– Ça alors ! s'écrièrent les autres. Un espion ! Un vrai !

Ils n'en revenaient pas.

Qu'est-ce qu'on peut bien faire quand on se retrouve d'un seul coup avec un espion sur les bras, et malade en plus, qui ne peut ni bouger ni marcher ?

– Bon, ce n'est pas tout ça, conclut Jules, mais espion ou pas, il va falloir le transporter de l'autre côté... Vous voulez bien nous donner un coup de main, madame ?

– Certainement, acquiesça Grand-mère, qui saisit l'homme par un bras.

– Ouillouillouille ! hurla l'homme.

– Mais c'est votre bras, que je prends ! protesta Grand-mère. Vous êtes un peu douillet, mon ami.

– C'est vrai, reconnut l'homme.

– Sylvain, viens nous aider ! cria Loulou. On va le prendre à quatre, il souffrira peut-être moins.

Péniblement, ils regagnèrent la grande salle où vivaient Loulou et Jules, puis ils installèrent l'homme sur un lit de camp. Il n'en finissait pas de se plaindre... Alors Jules, qui avait bon cœur, lui offrit un petit verre de cognac que celui-ci vida d'un trait.

– Merci. Ça fait du bien !

– Et maintenant, déclara Grand-mère, avant de vous soigner, il faut d'abord tirer au clair

cette histoire d'espion ! Alors, qu'est-ce que vous avez voulu dire au juste, tout à l'heure ?

– Vous me soignerez ? demanda l'homme.

– Bien sûr, répondit Jules, nous ne sommes pas des sauvages...

– Alors voilà. Je vais tout vous avouer... De toute façon, il est fichu pour moi, ce boulot-là.

Et Moucham, car c'était lui, se mit à table...

PISTON-GAMELLE ENTRE EN PISTE

Les jours passaient... Derrière son superbe bureau en acajou massif, Piston-Gamelle se rongeait les ongles, comme il en avait la mauvaise habitude lorsqu'il était inquiet, ou que les choses n'allaient pas comme il le désirait.

Et cette fois, il avait de quoi s'inquiéter.

Brusquement, il saisit un calendrier :

– Une semaine ! Ça fait une semaine qu'il est à Sainte-Eulalie ! Et rien. Pas un mot. Pas un coup de fil. Pas le moindre signe de vie. Pourtant, il le sait bien que, pour moi, l'affaire est importante. Je le lui ai dit et redit !

Il se leva et se mit à marcher de long en large. « Bizarre... songea-t-il, bizarre... D'autant plus bizarre que ce n'est pas dans ses habitudes, et... ajouta-t-il l'œil mauvais, ce n'est pas non plus dans ses intérêts... J'en sais assez sur son compte pour l'obliger à fermer sa minable agence de détective privé ! Alors, qu'est-ce que ça peut bien signifier ? »

Il est vrai que jusqu'à présent, chaque fois que Piston-Gamelle avait eu recours aux services de Moucham, celui-ci ne s'était pas fait prier. Il n'avait qu'à donner un ordre, et l'autre obéissait au doigt et à l'œil. Non franchement, ce long silence ne lui ressemblait guère...

« A moins que... réfléchit Piston-Gamelle qui

se méfiait de tout et de tous... A moins qu'il ne m'ait trahi... Il n'a peut-être même pas quitté Bordeaux... Il m'a peut-être posé un lapin. Si c'est cela, je l'écrase comme un ver de terre ! »

Mais il n'y avait pas que Moucham qui lui donnait des soucis. Il y avait aussi cette vieille cinglée qui avait débarqué un beau jour avec ses sucettes qui venaient d'on ne sait où, ce qui lui gâchait ses affaires...

Et pourtant, ce n'était pas faute d'avoir réagi. Il avait mis Moucham en route, certes, mais il ne s'était pas contenté de cela. Ce n'était pas son genre. Comme il disait souvent : « La meilleure défense, c'est l'attaque ! »

Il avait donc pris les mesures qui s'imposaient : il avait mis à la porte tous ses vendeurs, en avait recruté de nouveaux, à qui il avait tenu un véritable discours de général en chef. Il leur avait même proposé une prime sur la vente des sucettes : « Plus vous en vendrez, et plus la prime sera élevée. Vous pourrez gagner beaucoup d'argent ! »

Cela lui faisait mal au cœur, mais, s'était-il dit : « A la guerre comme à la guerre ! On n'attrape pas les mouches avec du vinaigre » !

Ce n'était pas tout. Il fallait venir à bout de cette vieille folle, et vite ! Aussi avait-il également décidé de lancer une campagne de publicité, quelque chose de bien.

UNE SUCETTE GRATUITE POUR UNE ACHETÉE !

Il n'avait pas le temps de faire fabriquer des badges ou des autocollants, encore moins des T-shirts. Il avait d'autres chats à fouetter. Et la sucette gratuite, là, elle pouvait y aller, la grand-mère, elle ne tiendrait pas huit jours de plus !

« Si seulement ce Moucham de malheur avait trouvé d'où viennent ces maudites sucettes, je serais sorti d'affaire depuis longtemps... » Et il se rappela comment, à l'époque, il s'était débarrassé des quelques gêneurs qui s'étaient mis en travers de son chemin.

Il se leva soudain et appela sa secrétaire.

– Vérifiez tout de suite si Moucham est encore à Bordeaux. Appelez-le chez lui à son bureau, partout. Je veux le renseignement immédiatement !

Mais à Bordeaux, personne ne répondit.

« Alors il est peut-être à Sainte-Eulalie, songea Piston-Gamelle. Si seulement il m'avait indiqué dans quel hôtel il descendait... »

Décidément, ce silence de la part de Moucham ne lui disait rien qui vaille. Et de nouveau, il se demanda si Moucham n'en avait pas profité pour le trahir. « Il est si lâche... Et il savait que je le tenais ! Il a peut-être eu envie de m'avoir : peut-être qu'à l'heure qu'il est, il est en train de raconter mes petits secrets, d'organiser ma perte avec mes adversaires. Quand je pense que je lui ai envoyé tout mon dossier sur cette vieille cinglée...

« Mais non. J'exagère... C'est justement parce qu'il est si lâche qu'il ne le fera pas. Il n'oserait pas. Je perds les pédales, moi, avec toute cette histoire ! C'est moi qui deviens cinglé ! Ce n'est qu'une vieille grand-mère et quelques gosses qui ignorent tout de mes affaires présentes et passées... Piston-Gamelle, garde la tête froide, il n'y a vraiment pas de quoi s'affoler ! »

Piston-Gamelle s'assit dans son fauteuil, alluma un cigare, se versa une bonne rasade de whisky et tenta de réfléchir posément : « Bon ! Je lui accorde encore trois jours pour me donner de ses nouvelles et résoudre cette affaire. Trois jours, pas un de plus... Si dans trois jours il n'a pas donné signe de vie, c'est qu'il m'a laissé tomber, et dans ce cas, il ne me reste plus qu'une solution : je prendrai moi-même les choses en main. Et alors là, à nous deux, vieille cinglée ! On va voir ce qu'on va voir ! »

Pendant ce temps, dans la grotte, on se demandait bien ce qu'on allait faire de Moucham...

Il s'était mis à table, d'accord, et ça, c'était une très bonne chose. Maintenant, on savait à quoi s'en tenir sur l'infâme Piston-Gamelle.

– Vraiment un sale individu ! avait assuré Grand-mère. Presque aussi moche que vous ! avait-elle ajouté en se tournant vers Moucham qui gisait toujours, le genou bandé, sur son lit de douleur. Mais disons que vous avez des excuses... C'est votre métier après tout, de suivre les gens et de fourrer votre vilain nez partout !

Moucham souffrait trop pour répondre quoi que ce soit. Pourvu qu'on le soigne – et on le soignait bien, on lui préparait même ses repas, à cet affreux bonhomme – lui, il était content de son sort.

Seulement, il y avait un hic... Qu'est-ce qu'on allait en faire, une fois qu'il serait de nouveau sur pied ? On ne pouvait pas le garder éternellement dans la grotte. Mais, si on le relâchait, il allait sûrement en profiter pour tout raconter à Piston-Gamelle... Et alors, Dieu sait ce qui se passerait ! Il n'y avait pas que Loulou et Jules, Grand-mère risquait, elle aussi, de passer un mauvais quart d'heure.

Moucham savait tout maintenant. Il savait d'où venaient les sucettes, qui les fabriquait, il n'avait pas mis longtemps à comprendre quel jeu jouaient Grand-mère et ses petits amis. Il connaissait trop bien les affaires de Piston-Gamelle et ses méthodes peu recommandables. Alors... Que faire de Moucham ?

– Une chose est certaine, affirma Jules, alors qu'un soir ils étaient tous réunis chez Grand-mère – sauf Mogador, que l'on avait chargé de surveiller Moucham au cas où... – on ne peut pas lui faire confiance.

– Oui, dit Tom, c'est un faux-jeton, celui-là. Il n'y a qu'à voir comment il a vidé son sac !

– Il avait tout de même le genou en compote, protesta Géraldine. Mettez-vous à sa place.

– Là, ma petite, tu nous en demandes beaucoup, répliqua Grand-mère.

– Reste, reprit Jules, que ce que je redoutais tant, quand Tom est tombé dans la grotte, est bel et bien arrivé !

– Oh, je me souviens, s'écria Tom, Jules voulait se débarrasser de moi, me faire disparaître !

– Ce n'est pas vrai, objecta Loulou. Jules avait dit ça en l'air. Ni lui ni moi ne serions capables d'une chose pareille !

– Je sais bien, mais maintenant, je comprends mieux votre réaction d'alors...

– Qu'est-ce qu'on fait ? dit Sylvain en se grattant la tête : on ne peut pas le tuer, on ne peut pas le garder, on ne peut pas le laisser partir... Pas commode comme problème !

– Moi, proposa Amédée, qui avait une réputation à défendre lorsqu'il s'agissait d'avoir de bonnes idées, je me demande si on ne pourrait pas lui faire vendre des sucettes sur la plage avec nous. On ne le lâcherait pas d'une semelle, tout le monde le connaîtrait, et... ajouta-t-il très sûr de lui, un espion connu, c'est un espion fichu !

– Mais il profitera de la première occasion pour filer à l'anglaise ! rétorqua Grand-mère, et aller du même pas mettre au courant Bidon-Margelle !... Tout cela me paraît bien risqué, mon petit Amédée... Vous savez ce que j'ai envie de faire, moi ? – et l'envie m'en démange depuis un bout de temps ! – je vais aller trouver ce sale bonhomme, lui dire ses quatre vérités, et le prévenir que s'il ne veut pas avoir le cadavre de Moucham sur les bras, il a intérêt à laisser Loulou et Jules en paix !

Ce fut une protestation générale :

– Tu n'y penses pas, Grand-mère ! s'exclama Tom. C'est un vrai gangster, ce Piston-Gamelle. On en a la preuve, avec Moucham. Il ne recule devant rien !

– Bon, eh bien écoutez, observa Jules, je crois qu'on ne trouvera pas la solution ce soir. En attendant, continuons à prendre soin de notre invité : on va lui soigner le genou, et puis on verra bien une fois qu'il sera guéri. D'ici là, il peut arriver tant de choses...

Jules ne croyait pas si bien dire. Car chez Piston-Gamelle, c'était le branle-bas de combat. Le délai de trois jours avait expiré, et Moucham ne s'était pas manifesté.

« Bien ! C'est décidé, je prends personnellement les choses en main. Je n'ai que trop attendu... Voyons, réfléchissons : par quel bout les prendre ? »

Il repensa à ce qu'on lui avait enseigné dans l'armée : d'abord savoir à qui on a affaire. Oui...

c'est cela, il fallait d'abord reconnaître l'ennemi !

Il appela sa secrétaire :

– J'ai quelques affaires urgentes à régler. Je serai peut-être absent quelques jours. Donc, ne vous inquiétez pas si vous ne me voyez pas. Contentez-vous de noter les rendez-vous et d'expédier les affaires courantes. C'est tout. Ah si ! J'allais oublier : si Moucham appelle...

– Moucham ?

– Oui, vous savez bien, celui que je vous ai demandé de joindre d'urgence à Bordeaux, l'autre jour... Eh bien, s'il appelle, prévenez-moi tout de suite à mon domicile !

Là-dessus, il rentra chez lui, et se transforma en touriste.

« Le temps passe... » songea-t-il, lorsqu'il se vit en maillot de bain.

Piston-Gamelle était un athlète, mais avec le travail et les repas d'affaires, il s'était empâté : on aurait dit un catcheur, avec tout son gras et sa poitrine velue...

Il prit une serviette de bain, et partit en direction de la plage.

Il ne mit pas longtemps à trouver Grand-mère, qui, comme à l'habitude, discutait allègrement, assise à l'ombre d'un parasol, son panier devant elle, tandis que Sylvain jouait au ballon un peu plus loin avec des copains. « Voilà donc cette vieille cinglée ! » Il s'allongea sur sa serviette et prit un peu le soleil, tout en ne quittant pas Grand-mère du coin de l'œil.

Des gens venaient, des enfants, des jeunes, des adultes, et elle, vendait tranquillement ses sucettes.

« Bon, je vais aller lui en acheter une », décida Piston-Gamelle.

Il s'agissait d'entrer dans la peau de l'adversaire, pour mieux en venir à bout.

Il se leva, se dirigea vers le parasol. Pas de chance, lorsqu'il arriva, il y avait au moins trois ou quatre gosses et une jeune fille autour du panier.

« Je ne vais tout de même pas faire la queue », s'insurgea Piston-Gamelle. Et d'un geste brusque, il écarta tout le monde.

– Une sucette au citron !

– Dites donc, gros mufle ! Vous ne voyez pas que je suis avant vous, non ? protesta la jeune fille. Et les enfants aussi, je vous signale !

– Je suis pressé ! aboya Piston-Gamelle.

– Et alors ? Moi aussi, je suis pressée ! Pressée d'avoir ma sucette. Allez ! A la queue, comme tout le monde !

– Je n'ai pas l'habitude qu'on me parle sur ce ton ! répliqua Piston-Gamelle qui n'avait pas beaucoup d'humour.

– Allons, allons, ne nous fâchons pas, coupa Grand-mère, il y en aura pour tout le monde...

– Vieux phallocrate ! lança la jeune fille en bougonnant.

– Répétez un peu ce que vous avez dit ? rugit Piston-Gamelle.

– J'ai dit : vieux phallocrate, et je le redis !

– Je veux des excuses tout de suite ! ou je vous...

Mais la jeune fille n'eut pas le temps d'apprendre le sort que lui réservait Piston-Gamelle : soudain, une sirène retentit, un vrombissement s'abattit sur la plage jusque-là si paisible, un avion parut au-dessus des rochers, traînant une banderole où il y avait écrit :

LA SUCETTE PISTON-GAMELLE
AVEC ELLE LA VIE EST BELLE

Le boucan était effrayant !

Comme tout le monde, Piston-Gamelle se boucha les oreilles, et bientôt, l'avion disparut.

– Ouf ! fit Grand-mère, on est tranquilles pour une heure...

– Quand je pense que ça fait plus de huit jours que ça dure, rouspéta un monsieur derrière Piston-Gamelle, qui venait acheter une sucette pour sa petite-fille. Et chaque jour, c'est un peu plus stupide que la veille. Je me demande vraiment ce qu'ils cherchent à prouver ?

– Euh... si, je... répondit Piston-Gamelle mal à son aise.

– En tout cas, moi, ajouta le monsieur, s'il y a des sucettes que je n'achèterais plus pour un empire, c'est bien celles de ce Piston-Gamelle ! Nous empoisonner de la sorte ! Et sur la plage, en plus ! Si vous voulez mon avis, eh bien moi, je trouve qu'on devrait interdire ce genre de choses !

– Mais tout de même... tenta d'objecter Piston-Gamelle.

– Oh vous, le phallocrate ! explosa la jeune fille, vous êtes pour, bien entendu ! Ça ne m'étonne pas !

Piston-Gamelle ouvrit la bouche, mais il ne sut quoi répondre. Il était interloqué. Il pensait à tout l'argent qu'il avait dépensé, et c'était cela, le résultat !

Il acheta sa sucette sans piper mot, et partit la sucer en maugréant sur sa serviette.

A peine était-il installé qu'il entendit :

– Demandez les sucettes SUPER-SUÇANTES du roi de la sucêêêête. Demandez les PISTON-GAMELLE, les sucettes de l'an deux miiiille ! Demandez !

Le vendeur s'approchait.

– Une achetée, une gratuite ! Offre spéciââle !

Piston-Gamelle se retourna sur le ventre et cacha sa tête sous la serviette de bain.

– Mais c'est vous, patron !

– Non ! répondit Piston-Gamelle, ce n'est pas moi !

– Mais si ! Je vous ai reconnu tout à l'heure, vous vous disputiez là-bas avec une minette, juste avant le passage de l'avion qui traîne votre pub. Vous voulez une sucette ?

– Allez-vous en ! Vous ne voyez pas que vous vous trompez !

– Mais non, croyez-moi, je suis assez physionomiste. Si je comprends bien, vous venez faire un petit tour sur la plage pour voir un peu comment ça se passe... C'est votre droit, après tout !

– Ah ! fichez-moi la paix, hurla Piston-Gamelle ou je vous vire !

– Ah bon ! Excu... excusez-mmmoi... bégaya le malheureux vendeur en ouvrant de grands yeux. Excusez-moi, je suis nouveau dans la maison...

– Filez, je vous dis !

Sans même oser ajouter un mot d'adieu, le vendeur s'éloigna en reprenant sa rengaine.

Furieux, Piston-Gamelle ne tenait plus en place. C'en était vraiment trop pour lui. Il prit soudain sa serviette, et, écœuré, quitta la plage.

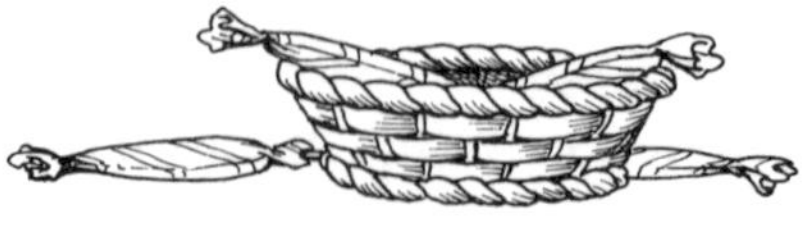

Une fois de retour chez lui, il tenta de faire le point : « Ça commence bien... On m'en reparlera, de la reconnaissance de l'adversaire ! »

Il s'assit, et tenta de se remettre les idées d'aplomb avec une bonne bière et un cigare.

« Ce qu'il faudrait, c'est que je sache si c'est elle qui les fabrique, ces sucettes, et où. C'est cela, l'important. A partir de là, je pourrai agir... Conclusion : il faut que je retourne cet après-midi à la plage, et que je lui tire les vers du nez. »

De retour à la plage, il tomba comme par hasard sur la jeune fille qui l'avait traité de vieux phallocrate. Il dut faire un effort terrible, lorsque celle-ci lui tira aimablement la langue.

– Alors, on n'est plus fâché ? On ne se prend plus pour le nombril du monde ?

– Nnnon, répondit Piston-Gamelle, qui ne pouvait se permettre de faire un nouvel esclandre.

– Eh bien tant mieux ! conclut la jeune fille. Bonne journée quand même !

Piston-Gamelle s'approcha du parasol de Grand-mère.

– Très bonnes, vos sucettes ! J'en ai goûté une ce matin... Excellentes ! C'est vous qui les faites ?

– Bien sûr ! Ai-je la tête d'un gros industriel ?

– Ah bon ! Vous avez un magasin, ou peut-être un atelier à Sainte-Eulalie ?

– Oui.

– Mais dites-moi, les affaires marchent, à ce que je vois...

– Oh, je n'ai pas à me plaindre, j'ai une petite équipe formidable.

– Eh bien bravo ! Je vous souhaite bon courage. Au revoir, madame. Ah, j'oubliais ! ajouta-t-il en revenant sur ses pas, j'ai un cadeau à faire à mes petites nièces, vous pourriez me vendre ce qui vous reste, là ? Ça ne vous gêne pas ?

– Pas du tout, répondit Grand-mère, comme ça, je rentrerai plus tôt chez moi.

– Vous devez travailler la nuit, si je comprends bien. Ce doit être dur...

– Moi, monsieur, la nuit, je fais comme vous, je dors ! Voilà : c'est soixante francs... Un beau cadeau que vous leur offrez là, à vos petites nièces !

Piston-Gamelle s'éloigna, son gros paquet de sucettes sous le bras.

– Tout ce que j'ai réussi à faire, grommela-t-il entre ses dents, c'est à arrondir ses bénéfices, avec mon idée idiote de petites nièces... Mais apparemment, ça ne la gêne pas le moins du monde, de liquider d'un coup tout ce qui lui reste.

Piston-Gamelle se mit à réfléchir : « En tout cas, ce n'est pas elle qui fabrique. C'est logiquement impossible. On ne peut pas être au four et au moulin ! Ou bien alors, elle a un vieux stock qu'elle écoule tout doucement. Mais, songea-t-il soudain, j'en ai tout un paquet, de ses sucettes ! Je vais aller au laboratoire. Je verrai bien, là-bas. Un examen me dira tout de suite si c'est de la vieille camelote ou non ! »

Toutes fraîches ! Elles n'avaient pas deux jours ! Le sucre était à peine cassant. C'est pourquoi elles étaient si parfumées !

– Ces sucettes, trancha Piston-Gamelle, on les fabrique au jour le jour !

Il goûta diverses essences. « Essences naturelles.. »

Il examina les bâtons. « Bâtons en bois... Elle a raison de dire que ce sont les sucettes du bon vieux temps, la mère-grand ! »

Piston-Gamelle s'assit sur un tabouret. Devant lui, sur la table de marbre, s'étalaient toutes les sucettes qu'il avait achetées. « Qui les fabrique ? » se demanda-t-il.

– Qui les fabrique, bon sang de bonsoir, ces fichues sucettes ? hurla-t-il soudain.

Et d'un geste brusque, il balaya toutes les sucettes, qui allèrent pêle-mêle se briser sur le sol.

« Il n'y a qu'un moyen de le savoir : je vais surveiller son domicile. Elle est toute la journée sur la plage. Et jamais personne ne vient l'approvisionner ! Ça, mes vendeurs me l'ont confirmé. Donc, c'est chez elle que ça se passe. Logiquement, ce doit être là... »

Il rentra chez lui, se changea, mit un chapeau et des lunettes de soleil. « Je commence à ressembler à Moucham », se dit-il, un peu amer.

Puis il monta dans sa voiture, chercha la rue où habitait Grand-mère, et là, s'arrêta le long du trottoir.

Il avait eu soin de prendre un journal, qu'il déploya devant lui, et quelques rafraîchissements. « J'y passerai la nuit s'il le faut, mais je saurai ! » Il rabattit un peu plus son chapeau sur ses lunettes.

Au bout d'un moment, Grand-mère rentra. Puis des gosses arrivèrent, repartirent. Rien d'extraordinaire, rien de surprenant...

Piston-Gamelle commençait à avoir des fourmis dans les jambes, à force d'être assis sans bouger dans sa voiture. La nuit tombait tout doucement. De temps en temps, il abaissait un peu son journal pour observer ce qui se passait. Rien...

Il alluma la radio, pour avoir un peu de distraction. Dans la maison, les allées et venues continuaient...

« C'est donc ça, son équipe ! Elle les prend au berceau, ma parole ! Sacrée vieille folle ! »

Il n'empêche qu'au plus profond de lui-même, Piston-Gamelle bouillait de rage. Quand il repensait à l'avion, ah bon Dieu, quel résultat ! S'il avait su... Décidément, il y avait quelque chose qui ne tournait plus rond en ce bas monde. Les gens devenaient fous !

« Si une pub comme celle-là ne donne plus rien, alors où allons-nous ? »

Pour se consoler, il s'offrit une bière. Puis, il regarda sa montre : « Neuf heures... si seulement j'avais pris de quoi manger ! »

Il avait pensé à tout, mais pas à cela...

Il arrêta la radio : « Et maintenant, une page de publicité », venait-on d'annoncer.

– Ah ça non ! Merci bien !

La publicité le dégoûtait ce soir...

Il faisait nuit maintenant. Il alluma les veilleuses de sa voiture.

Il regarda encore sa montre, et pensa à Moucham : « Quel métier d'abruti ! Et il passe sa vie à ça, ce minable. Celui-là, si je le retrouve, il va comprendre son malheur ! Je vais lui... »

Mais soudain, il aperçut deux ombres qui cheminaient sur le trottoir, des sacs à la main. « Nom d'un pétard ! Les sucettes ! Les voilà qui arrivent ! »

Les deux ombres s'approchaient.

« Mais non, je me suis trompé, se dit Piston-Gamelle. J'ai bu trop de bière ! Ce sont des touristes avec leurs bagages qui vont à la gare ou à l'hôtel du coin... »

Lorsque les deux ombres passèrent dans la lumière d'un réverbère, Piston-Gamelle les examina quand même. Mais rien de suspect.

« Plus tout jeunes, les touristes, ricana-t-il. A cette allure, ils vont sûrement rater leur train... »

Seulement au lieu de poursuivre cahin-caha leur chemin vers la gare pour y rater leur train, coup de théâtre : les deux touristes entrèrent sans hésiter dans la maison de la vieille folle !

« Bon Dieu ! Je ne m'étais pas trompé ! C'est

eux, c'est eux, les fabricants de sucettes ! J'ai au moins appris ça ! C'est peu, mais... »

Soudain, il s'arrêta.

« Mais ces deux-là, je les connais ! Je les ai déjà vus quelque part ! Mais où ? Voyons, un vieux avec des cheveux blancs et une moustache, et elle, avec son petit chignon sur le dessus de la tête. Je les connais, j'en suis certain ! »

Il eut beau faire des efforts désespérés, impossible de remettre un nom sur ces visages.

« Je vais attendre... Ils vont bien finir par ressortir... »

Effectivement, une heure plus tard, ils ressortirent. Piston-Gamelle les vit sur le trottoir, qui discutaient avec la vieille cinglée. « Ils n'ont plus leurs sacs ! »

Piston-Gamelle eut soudain envie de bondir de sa voiture, et d'aller leur casser la figure à tous les trois... Mais il se retint.

« Je serais bien avancé ! Ils me reconnaîtraient – et la grand-mère aussi, je suppose – et moi, je ne saurais pas où ils les fabriquent, leurs sacrées sucettes ! »

Le bonhomme et la bonne femme s'éloignaient, la vieille était rentrée chez elle.

Piston-Gamelle démarra et les suivit tout doucement, en s'arrêtant de temps à autre le long du trottoir.

Pendant ce temps, il ne cessait de chercher où il avait bien pu les rencontrer auparavant. « Je perds la mémoire... Je bois trop. Il y a dix ans, je n'aurais même pas mis deux minutes pour trouver. »

Il continuait à les suivre : ils prirent le chemin de la corniche. Piston-Gamelle voyait leurs ombres – elle toute droite, lui un peu voûté – lorsqu'ils passaient sous chaque réverbère.

Puis ils sortirent de Sainte-Eulalie. Il n'y avait presque plus de maison, maintenant.

« Mais où vont-ils ? se demanda Piston-Gamelle. C'est bizarre, comme ça, au beau milieu de la nuit ! Ils campent en pleine nature ? A leur âge ? Ce serait bien étonnant tout de même... Bah, ils vont peut-être faire un tour, tout simplement. »

La route formait un virage. Il accéléra un peu, il ne fallait pas les perdre de vue.

Mais lorsqu'il eut passé le virage, personne ! Plus rien !

« Ça alors ! Ils ont disparu ! Pourtant il n'y a pas la moindre bicoque, dans ce coin ! »

Piston-Gamelle était perplexe. « Ils sont peut-être descendus sur la plage... Ça m'étonnerait, il n'y a que des rochers par ici. »

Tout cela l'intriguait. Il sortit de sa voiture. « Je vais tout de même jeter un coup d'œil », se dit-il.

Il vit alors une petite crique, qui avait l'air un peu irréelle à la lumière de la lune. La mer était basse, et le bruit des vagues très doux, comme un chuchotement...

« Rien ! Personne ! constata Piston-Gamelle.

Bah, demain il fera jour, j'y verrai sûrement plus clair. En tout cas, ils n'ont pas pu se volatiliser comme ça ! »

Il fit demi-tour, arrêta sa voiture devant un restaurant, commanda un copieux repas malgré l'heure tardive.

Puis il rentra chez lui, le ventre bien rempli. Il était fourbu.

Seulement, impossible de s'endormir ! Il n'arrêtait pas de penser à cette histoire : ce type, cette bonne femme, où les avait-il rencontrés ?

Il était peut-être trois heures du matin lorsque brusquement il alluma la lumière.

« J'y suis ! Ce sont les deux confiseurs de Sainte-Eulalie ! Je ne sais plus leur nom. Mais ce sont eux ! Ah, je me souviens, maintenant. Ces deux imbéciles qui ne voulaient pas vendre... Je les ai eus quand même. Mais oui ! C'est eux ! J'aurais dû les reconnaître depuis longtemps... »

Tout lui revenait, désormais : avec Pantin et Larondelle, ça avait été facile. Un jeu d'enfant ! Mais eux, là – leur nom, en revanche, pas moyen de le retrouver – ils ne voulaient vraiment pas déguerpir. Piston-Gamelle se souvenait : « Avec eux, il a fallu mettre le paquet, et je l'ai mis ! Ils en faisaient une tête, ces deux idiots. Mais à propos... ce n'est pas eux qui ont emporté en douce une ou deux machines ? »

Tout cela était encore un peu confus dans

son esprit : « Il faudra que je vérifie ça demain au bureau. C'étaient eux, il me semble. Ou bien c'était Adriano. Je ne sais plus, et puis peu importe, à cette heure-ci... En tout cas, si c'est eux, je les tiens ! »

Et la tête pleine de pensées vengeresses, Piston-Gamelle, enfin, s'endormit.

Il ne s'était pas trompé.

Dès neuf heures, il était à son bureau et examinait les dossiers : « Pantin... Adriano... Larondelle... Tubar... Tubar ? Qu'est-ce que ça fiche là ? Ça n'a rien à voir ! Tubar, c'était à Bordeaux, si je ne m'abuse. Enfin bref, continuons... Gaspard... Gaspard ? »

Piston-Gamelle se redressa brusquement.

– Gaspard ! Voilà le nom que je cherchais !

D'un geste sec, il ouvrit le dossier.

– Louise et Jules Gaspard. Confiseurs... C'est bien eux, aucun doute... Ainsi, ils sont encore à Sainte-Eulalie ! Eh bien, je ferai mes compliments à Gradube. Quand je pense qu'à l'époque je l'avais payé grassement pour me les retrouver, eux et les machines qu'ils m'avaient fauchées. Et l'autre qui m'avait affirmé, après un mois d'enquête, qu'ils avaient définitivement quitté la région ! Moi, pauvre naïf, je l'avais cru ! Finalement, j'avais décidé de laisser tomber... Pour deux malheureuses machines... L'essentiel, c'était qu'ils aient tous fichu le camp d'ici, les Pantin, les Gaspard, les Larondelle... Et voilà le résultat !

Lui qui avait horreur de l'échec, il était servi ! Mais sa nature combative reprit bien vite le dessus, car désormais, il savait à quoi s'en tenir :

– Maintenant, j'en suis sûr ! Les sucettes de la vieille folle, c'est eux ! J'ai compris la combine ! C'est clair comme de l'eau de roche !

Piston-Gamelle referma le dossier.

– Je les tiens. Il suffit de trouver leur cachette, et je les dénonce à la police. J'ai suffisamment d'amis ici, depuis que j'ai réussi ! On ne me refusera pas ce petit service... Et puis qui se souvient encore de ma manière d'agir de l'époque ? Personne. Aujourd'hui, je suis quelqu'un à Sainte-Eulalie ! Et les Gaspard, je vais les faire jeter en prison pour vol, et recel !

Piston-Gamelle éclata de rire. Lui qui avait cru à un énorme complot... C'était donc ça ! Deux pauvres imbéciles qui tentaient de se venger avec l'aide d'une vieille toquée et de quelques gosses en mal d'aventure...

– Aussi vrai que je m'appelle Piston-Gamelle, ce soir, tout sera terminé ! dit-il en se frottant les mains...

Il était presque midi lorsqu'il arrêta sa voiture près de la crique.

Très vite, il sentit une drôle d'odeur.

– Tiens, d'habitude, ça sent le varech, par ici !

Cette fois, ça sentait la vanille...

Piston-Gamelle descendit par les rochers, remarqua le figuier :

– Un figuier, ça ne sent tout de même pas la vanille !

Dans la crique, il n'y avait personne. Pas la moindre trace de pas. Le sable était immaculé.

Piston-Gamelle leva soudain la tête.

– Qu'est-ce que c'est que ça ?

C'était une mouette qui passait au-dessus de lui de son vol lourd. Il avait l'impression qu'avec son cri bizarre, elle se moquait de lui.

Il fit le tour de la crique. Rien. Mais rien de rien... Et pourtant, cette odeur de vanille...

Tout à coup entre deux rochers, il aperçut quelque chose qui brillait au soleil. Il s'approcha. C'était la boucle d'un vêtement.

– Un vieil imper ! Il a au moins quinze ans ! Tiens, dessous il y a un veston...

Par curiosité, Piston-Gamelle fouilla dans une poche. Ce qu'il trouva le laissa interloqué :

– Bon Dieu ! Les papiers de Moucham !

Il regarda autour de lui : des rochers, un figuier, une mouette, la mer, le sable... et cette odeur de vanille. Mais pas de Moucham !

« Moucham est dans le coin ! C'est aussi sûr que deux et deux font quatre ! Il n'est même pas loin du tout pour avoir laissé traîner ses vêtements comme ça... Mais... se dit-il soudain, s'il est à Sainte-Eulalie, pourquoi ne m'a-t-il pas contacté ? Un simple mot, un message aurait suffi... »

Et de nouveau, Piston-Gamelle se mit à soupçonner Moucham du pire des crimes : « Il m'a peut-être bien trahi, ce traître ! Il a tout découvert, et au lieu de me faire signe, il s'est mis de mèche avec les autres... Quel faux-jeton ! » Plus il y pensait, et plus il y croyait. « C'est ça ! C'est sûrement ça ! Un espion double qui mange à tous les râteliers !... Et moi, dans cette affaire, je me suis fait avoir comme un bleu... »

Piston-Gamelle se mit à tourner en rond tel un fauve en cage. « Et si ça se trouve, il est là, à deux pas, dissimulé dans un coin, en train de se payer ma figure ! »

Cette idée le rendit fou :

– Moucham ! Montre-toi, si tu es un homme ! J'ai la preuve que tu es ici ! Viens donc ! Sors de ton trou, vipère !

Mais personne ne répondit, sauf la mouette, toujours la même, qui avait l'air de bien s'amuser.

Piston-Gamelle finit par se calmer. « Je m'emporte, se dit-il. C'est stupide ! A quoi sert de se mettre en colère ? D'abord, même s'il est plus que probable qu'il m'a trahi, ce scorpion, son imper ne m'en donne pas la preuve ! Je sais seulement qu'il est ici, dans le coin, et qu'il ne m'a pas appelé. Pourquoi ? Je l'ignore encore... »

Piston-Gamelle s'assit sur un rocher et regarda à nouveau l'imperméable et le veston.

– Il y a peut-être d'autres indices quelque part... Voyons... réfléchissons... Voilà, je tiens le bon bout : ce qu'il faut, c'est calmement, mé-tho-di-que-ment fouiller la crique. D'abord le sable, ensuite les rochers.

Il remonta jusqu'à sa voiture, prit une pelle dans le coffre.

– Le sable, ça devrait aller vite, avec cet engin...

Il redescendit, et commença à sonder un peu partout, à remuer le sable.

– Et là, au milieu... on dirait qu'il y a un creux !... Voyons voir...

Il s'avança.

– C'est bien un creux, un grand creux même...

En effet, à cet endroit, le sable formait une sorte d'entonnoir.

Piston-Gamelle gratta un peu le fond du trou.

– Il y a quelque chose, un truc marron, on dirait...

Avec sa pelle, il écarta le sable.

– On dirait un chapeau !... Il faut que je voie ça de plus près ! Si c'était le chapeau de Moucham ?

Piston-Gamelle se penche, tente d'attraper le chapeau au fond du trou, lorsque soudain le sol se dérobe sous ses pieds : il glisse, glisse, le sable ruisselle autour de lui, il pousse un grand cri et, brusquement, disparaît.

Dans la grotte, Jules et Loulou étaient en plein travail.

– Mais que se passe-t-il encore ? Il est impossible, ce chien ! dit Jules à Loulou en entendant Mogador aboyer comme un perdu... Tais-toi, Mogador ! Tais-toi !

Seulement, Mogador ne s'arrêtait pas.

– Loulou, va donc voir ce qu'il a, ce chien ; moi, je ne peux pas, je vais rater mes sucettes à la vanille !

– Mais si j'y vais moi, répliqua Loulou, c'est mon sucre qui va brûler !

– Je pourrais peut-être y aller, proposa Grand-mère. Je n'ai rien à faire, moi.

– Ce serait bien aimable, répondit Jules. Il fait un potin de tous les diables, ce brave Mogador !

Grand-mère avait dû, une fois de plus, revenir faire provision de sucettes au beau milieu de la journée. Ce matin-là, elle avait été littéralement dévalisée, et elle n'avait guère envie de retourner à la plage de Sainte-Eulalie avant quatre heures. Le chemin était trop pénible, à cette heure-ci, sous le soleil.

– Bon ! J'y vais... J'espère qu'il n'est pas parti du côté de la grotte. Je n'aime pas beaucoup ce coin, avoua Grand-mère. A tout hasard, je vais quand même prendre le fanal.

– C'est préférable, dit Jules. Quoi qu'il en

soit, rassurez-vous : ça ne peut pas être la trappe... Je l'ai soigneusement refermée après la chute de Moucham, et cette fois, je crois que j'y suis arrivé !

Grand-mère s'éloigna.

– Ce chien, ronchonna Jules, il devient infernal !

– Tu sais, lui répondit Loulou, il ne sort pas assez. Il est tout le temps devant la porte de la petite pièce où on a mis Moucham. Ça doit le rendre nerveux, à force...

Soudain, les aboiements cessèrent.

– Ah, tu vois, dit Jules, ce n'est rien de grave...

Rien de grave, en effet : Grand-mère n'avait pas mis longtemps à se rendre compte que Mogador était bel et bien dans la grotte.

Elle alluma son fanal, descendit les marches et le rencontra en chemin.

– Voyons, Mogador, qu'est-ce qu'il y a ? Tu as trouvé quelque chose ?

« Enfin quelqu'un qui m'a entendu ! se dit Mogador, fatigué de s'égosiller pour rien depuis un quart d'heure. Ouf ! Je peux m'arrêter d'aboyer, maintenant. » Et, soulagé, il se tut.

Il fit alors dignement demi-tour, et Grand-mère le suivit.

Lorsqu'elle pénétra dans la grotte, elle vit un spectacle étonnant : en plein milieu, sous la trappe, ouverte bien sûr – « pauvre Jules ! pensa Grand-mère, il se fait encore des illusions ! » – se dressait un gros tas de sable, une sorte de pyramide, et tout en haut, dépassait la tête d'un homme. C'était impressionnant et comique à la fois.

– Eh bien celui-là, il en a fait tomber du sable !

Grand-mère fit quelques pas.

– Il m'a l'air sonné comme un boxeur...

Elle approcha le fanal de son visage éteint.

– Mais je le connais ! C'est le phallocrate de Justine ! Celui qui m'a tout acheté pour ses petites nièces et qui avait envie de faire la causette... Eh bien ! Si Justine voyait comme il est arrangé, son vieux phallocrate !

Grand-mère se tourna vers Mogador et le caressa :

– C'est très bien, Mogador, tu es un bon chien !

« Eh bien, il lui en a fallu du temps pour s'en apercevoir ! se dit Mogador. Enfin, mieux vaut tard que jamais... »

Grand-mère posa son fanal et tenta de dégager l'homme, mais rien à faire. Il était trop lourd.

« Comment vais-je faire ? se demanda-t-elle. Loulou et Jules ne peuvent pas lâcher leurs sucettes, j'ai laissé Sylvain à la plage, il avait trop envie de se baigner ; quant à Moucham, il ne peut toujours pas marcher, celui-là... Je ne vais tout de même pas laisser dans cet état un si bon client ! Allons prévenir Loulou et Jules... »

Jules était consterné.

– J'ai pourtant fait tout mon possible, je vous assure !

– Mais on ne te reproche rien, Jules ! Vous dites que c'est un homme qui doit être gros et fort ? demanda Loulou.

– Sûrement, répondit Grand-mère.

– Alors, c'est peut-être son poids qui...

– Sans doute...

– Et vous êtes certaine qu'il ne bouge plus du tout ? demanda Loulou. Mon Dieu, ajouta-t-elle en pâlissant soudain, et s'il était...

– Mais non, reprit Grand-mère, il n'est pas mort, rassurez-vous, Loulou. A mon avis, il a seulement dû s'assommer en tombant. Mais si vous voyiez le tas de sable qu'il a entraîné dans sa chute ! C'est impressionnant ! On dirait un gros bouddha, avec sa tête qui dépasse.

– Encore une minute et j'y vais, précisa Loulou. J'ai presque fini.

– Si je pouvais en dire autant, grogna Jules, encore tout contrarié par cette fichue trappe. Mais je n'ai toujours pas fini mon travail...

– Ne vous tracassez pas, Jules. Continuez ! Loulou et moi, nous allons nous débrouiller...

Loulou ôta son tablier et suivit Grand-mère.

– Je me demande qui ça peut être ?

– Je le connais, vous savez, lui confia Grand-mère.

– Vous le connaissez ?

– Mais oui ! C'est un bon client. Il m'a acheté

soixante sucettes hier, pour ses petites nièces, et Justine, une de mes fidèles clientes, l'a traité de vieux phallocrate parce qu'il voulait passer devant tout le monde...

Elles entrèrent dans la grotte, Grand-mère devant, avec le fanal, et Loulou derrière elle.

– Voilà le tableau ! fit Grand-mère. Surprenant, n'est-ce pas ?

Plus surprenant encore que ne l'imaginait Grand-mère, car, lorsque Loulou aperçut la tête qui dépassait du tas de sable, elle poussa un grand cri, et tomba évanouie.

– Loulou ! s'écria Grand-mère en se précipitant vers elle, Loulou ! Qu'est-ce qui vous arrive ?

Grand-mère lui administra quelques tapes sur le visage, mais Loulou ne revenait pas à elle.

« Ce doit être l'émotion, se dit Grand-mère. Et pourtant, ce n'est pas la première fois qu'elle voit quelqu'un atterrir dans la grotte... Loulou, chère amie... »

Mais en vain.

– Cette fois, sucettes ou pas, je vais chercher Jules !

Jules ne se fit pas prier : il laissa tout tomber pour aller au secours de sa chère Loulou.

– C'est une grande émotive, vous savez...

– Sans doute...

– Et puis elle est si fatiguée, avec la vie qu'on mène...

LA SUCETTE ? C'EST MOI !
Piston Gamelle
PENSEZ PAS, JE M'EN CHARGE. P.G.
PG
NON !
PAS D'EXCUSE UNE DEMISSION

Mais lorsqu'à son tour Jules vit la tête qui dépassait du sable, il devint brusquement pâle et se mit à trembler de tous ses membres.

– Jules, reprenez-vous ! l'adjura Grand-mère. Vous n'allez tout de même pas tourner de l'œil, vous aussi ! Qu'est-ce qu'il y a ?

– Ce type, dit Jules, ce type !

– Oui, eh bien quoi, parlez !

– Ce type...

– Mais qu'est-ce qu'il a, ce type ?

– C'est Piston-Gamelle !

– Non !

– C'est lui, je vous assure !

– Mon Dieu ! s'écria Grand-mère, je comprends maintenant pourquoi Loulou s'est évanouie...Allons, remettez-vous, Jules. On va s'en tirer, croyez-moi. Mais il faut faire vite !

– Quoi faire ? bredouilla Jules qui semblait avoir perdu tous ses moyens.

– D'abord s'occuper de Loulou. Tant que Piston-Gamelle est dans cet état, nous ne risquons pas grand chose. Ensuite, il faut envoyer Mogador chercher nos amis. Il va nous falloir du renfort, et vite !

Quelques minutes plus tard, Mogador galopait sur la corniche en direction de la plage, les dents serrées sur son précieux message.

Lorsqu'il revint à lui – on lui avait lancé un bon seau d'eau bien fraîche en pleine figure – Piston-Gamelle ouvrit les yeux, se secoua et crut d'abord qu'il rêvait : ce qu'il voyait était flou, il y avait des gosses, un gros chien, et puis d'autres gens qu'il ne connaissait pas.

– Mais qu'est-ce qui m'est arrivé ? Où suis-je donc ?

– Dans une grotte, chuchota une petite voix.

– Chut ! Taisez-vous, murmura une autre voix, qu'est-ce qu'on a dit !

– Une grotte ! hou la la, mon pauvre crâne ! j'ai dû faire une belle chute...

Il commença à remuer les membres. Le sable, peu à peu, s'éboulait. Enfin, il put dégager un bras.

– Aidez-moi à sortir de là, bon sang !

Personne ne bougea.

Il parvint après quelques efforts, à dégager l'autre bras, puis une jambe, puis l'autre... Il tenta de se mettre debout, mais il était encore sous le choc.

– J'ai la tête qui tourne, bon Dieu... Qu'est-ce qui m'est arrivé...

Il reprit peu à peu ses esprits, et soudain, il reconnut ceux qu'il avait devant lui.

– Ça alors ! La vieille folle et ses mioches ! Et les deux Gaspard ! Ça alors !

Il se sentait déjà mieux maintenant, et ne tarda guère à comprendre que, sans le vouloir, il avait mis en plein dans le mille. « Quelle veine ! se dit-il en lui-même. Je suis tombé dans leur repaire, ils sont à ma merci maintenant ! »

Piston-Gamelle sentit monter en lui une agréable sensation de triomphe. Une fois de plus, il avait gagné.

Très fier de lui, il se redressa et lança d'un ton arrogant :

– Vous ne vous attendiez pas à me voir, n'est-ce pas, Jules et Louise Gaspard ! La voilà donc, votre fine équipe ! Si vous croyez que vous m'impressionnez, là, tous en rang d'oignon, eh bien vous vous trompez !

Personne ne répondit.

– Je vais vous dire moi, ce que je suis venu faire ici ! A propos, vous n'auriez pas vu Moucham ? Un ami à moi, à ce qu'il paraît...

Pas de réponse. Silence total.

– Vous avez perdu votre langue ?

– Grrr... fit soudain Mogador.

– Je vois ! Il n'y a que le chien qui parle ici ! Au fond, peu importe : je suis venu vous prévenir que vous avez jusqu'à ce soir pour me rendre les machines que vous m'avez volées.. et pour déguerpir ! Jusqu'à ce soir, dernier délai ! Sinon... j'avertis la police, et je fais coffrer tout le monde. Y compris vous, la vieille cinglée !

Oui, pour complicité de vol ! Parfaitement ! Alors, on ne rigole plus maintenant !

– Grrrr... fit Mogador.

– Ah, reprit Piston-Gamelle, tu étais plus bavard, vieil imbécile, quand je suis venu te racheter ton petit commerce minable ! Tu étais bien content d'en avoir trois sous ! Tu aurais dû te tenir tranquille, toi et ta bonne femme... Mais non ! Il a fallu que vous veniez gâcher tout mon travail. Eh bien ! ça ne se passera pas comme ça ! On ne s'attaque pas à Piston-Gamelle quand on n'est pas à la hauteur... Alors, c'est bien compris ! Ce soir, je ne veux plus vous voir à Sainte-Eulalie ! Ni vous non plus, la grand-mère, qui avez cru me posséder hier sur la plage avec vos sornettes ! C'est entendu ? Parfait !

Et Piston-Gamelle, du revers de la main, fit tomber le sable qui restait encore sur ses vêtements.

– Alors ? C'est toujours le silence ? Bon. Comme vous voudrez. Moi, en tout cas, j'ai terminé... Si vous voyez Moucham, signalez-lui de ma part que je l'attends chez moi : j'ai deux mots à lui dire. Eh bien, il ne me reste plus qu'à vous faire mes adieux et au plaisir de ne plus jamais vous revoir, bande de...

Mais il n'eut pas le loisir de finir.

– Vous ne croyez tout de même pas qu'on va vous montrer la sortie ?

C'était Grand-mère qui venait de rompre le silence.

– Mais j'espère bien, plastronna Piston-Gamelle. C'est une plaisanterie ou quoi !

– Mon cher Litron-Parcelle, je crains que vous n'ayez pas bien saisi quelle est votre situation.

– Ma situation ? s'étonna Piston-Gamelle. Oh, mais très bien même ! Je sais qui fait les sucettes, où on les fabrique, je sais aussi qu'on les fabrique avec des machines que vous m'avez volées. Oui, volées ! Je vous les ai payées, et vous les avez emportées en douce... De vrais voleurs, voilà ce que vous êtes ! Vous n'aurez tout de même pas le culot de prétendre le contraire !

– Mon pauvre Bison-Chamelle...

– Piston-Gamelle, vieille folle ; je m'appelle Piston-Gamelle. Et j'en suis fier !

– Mon pauvre ami ! Vous êtes malin, certes, mais pas très intelligent. Vous devriez vous rendre compte que vous êtes enfermé dans une grotte, et que vous n'en sortirez pas aussi longtemps que...

– Moi ? Enfermé ? Alors là, c'est la meilleure !

– C'est pourtant ainsi. Nous vous garderons ici.

– C'est ça ! Dites que vous voulez m'empêcher de sortir !

– Exactement. Vous êtes coincé. Vous ne comprenez toujours pas ? Coin-cé !

– Moi ? Vous voulez rire ! Coincer Piston-Gamelle ? Décidément, ça ne tourne pas rond dans votre tête !

Piston-Gamelle s'avança. Un pas. Deux pas. Il se rapprochait du petit groupe massé devant le passage.

– Allez, écartez-vous ! Ou je vous transforme en purée !

– Mogador ! dit Jules.

Soudain, Mogador devint menaçant. Ses crocs luisaient dans la faible lueur du fanal. Il grondait, tout en marchant vers Piston-Gamelle comme un fauve prêt à l'attaque.

– Si vous faites un pas de plus, Piston-Gamelle, il vous saute à la gorge, dit Jules d'un ton déterminé.

Piston-Gamelle regarda Mogador, puis recula.

– Peut-être souhaiteriez-vous connaître nos conditions, monsieur Pis... Ah, je sens que je vais encore dire une bêtise...

– Vos conditions ? Vous savez ce que j'en fais, de vos conditions ?

– J'ai suffisamment d'imagination pour ça, cher monsieur. Mais vous avez tort. Vous devriez réfléchir, au lieu de jouer au dur à cuire... Nous ne plaisantons pas !

– Elle est bien bonne, celle-là ! Qu'est-ce que je vous ai fait, moi !

– Ce que vous avez fait ? A moi, rien. Ni aux enfants... Mais je vais vous dire en revanche ce que vous avez fait à Loulou et Jules : vous êtes arrivé à Sainte-Eulalie, et vous avez décidé froidement – parce qu'ils vous gênaient – de les RUINER. Vous n'avez pas lésiné pour y parvenir : sucettes gratuites, badges, autocollants et j'en passe. Vous les avez contraints à vous vendre le peu qu'ils possédaient, leur moyen d'existence et leur raison de vivre, tout ça pour une bouchée de pain !

– C'est faux ! rugit Piston-Gamelle.

– Laissez-moi continuer ! Vous les avez réduits à rien, impitoyablement. Et lorsqu'ils ont voulu sauver deux malheureuses machines, vous les avez fait espionner.

– Mais elles sont à MOI, ces machines ! Je les ai payées ! Avec MON argent !

– Oui, avec votre argent, et c'est justement à cela que je voulais en venir : si vous voulez sortir d'ici, vous allez les leur revendre au même prix que vous les avez payées. Et en plus, vous leur ficherez la paix ! A tout jamais ! Sans quoi, tout le monde apprendra, à Sainte-Eulalie, le bandit qui se cache derrière l'honorable Chignon-Gam... allons bon, voilà que ça recommence...

– Alors ça, vous pouvez toujours courir ! répondit Piston-Gamelle. D'abord, que savez-vous de mes affaires, hein, vieille toupie ? Juste ce que savent ces deux minables, dit-il en montrant Loulou et Jules. Vous n'irez pas me faire croire que vous avez la moindre chose à dévoiler sur mes affaires ! Allons voyons ! Je ne suis pas né de la dernière averse !

– Vous oubliez Moucham ! rétorqua Grand-mère.

– Comment Moucham ! Vous voulez dire que...

– Exactement. Moucham est ici, prisonnier, comme vous. Et il nous en a dit, des choses, pendant qu'on le soignait...

– Le bandit ! La canaille ! Où est-il que je le réduise en miettes ! Je m'en doutais, qu'il allait me trahir, ce traître, ce félon !

Piston-Gamelle fit un pas en avant.

Aussitôt, Mogador bondit. Piston-Gamelle recula, puis se tut.

– Vous le voyez, votre situation n'a rien d'enviable, dit Grand-mère. Alors, si nous discutions tranquillement...

– C'est des histoires, tout ça, du vent ! Du bluff ! Vous ne tenez pas Moucham ! Il est trop prudent, ce vieux renard !

– Ah, vous voulez une preuve ? Vous voulez que je vous raconte ce que vous avez fait à Bordeaux, il y a exactement neuf ans, lorsque vous n'arriviez plus à payer votre usine ? Vous y tenez vraiment ?

Il y eut un silence.

– Bon, ça va, j'ai compris, laissa tomber Piston-Gamelle.

– Eh bien, vous y avez mis le temps ! Alors, vous acceptez nos conditions ?

– J'accepte, dit Piston-Gamelle, la mort dans l'âme.

Il était livide, il regardait par terre. Il avait l'air de ce qu'il était en réalité : un lamentable naufrageur à la mode d'aujourd'hui.

Pour Piston-Gamelle, la comédie était terminée.

Dans la grotte, c'était l'allégresse. Il y avait un moment déjà que Piston-Gamelle était reparti tout penaud et quelques billets de cent francs dans la main : le prix de ses machines.

– Elles sont à vous, maintenant, bien à vous, dit Grand-mère. Oh ! que je suis contente, ma chère Loulou ! Vous m'avez fait tant de peine, tout à l'heure, lorsque vous étiez allongée là, par terre, aussi pâle qu'une morte, et que j'ai appris pourquoi vous aviez tourné de l'œil !

– Le choc, vous comprenez, expliqua Loulou. Je l'ai reconnu aussitôt ! C'était devenu un cauchemar pour nous, cet homme !

– Mais maintenant, je suis convaincue que nous en sommes débarrassés, reprit Grand-mère. Croyez-moi, il n'y reviendra pas de sitôt !

– Alors qu'est-ce qu'on attend ? s'écria Jules. Qu'est-ce qu'on attend pour célébrer cette victoire ? J'offre le champagne à tout le monde.

« Évidemment, moi, se dit Mogador, je suis de la revue, comme d'habitude... »

Mogador avait horreur du champagne.

– Bonne idée, reconnut Tom. Quand est-ce que tu vas l'acheter, Jules ?

– Eh bien, j'attendrai la nuit tombante et je...

– La nuit tombante ? s'étonna Grand-mère. Mais mon pauvre Jules, d'abord tout sera fermé, et puis vous oubliez que désormais vous êtes libre d'aller et de venir comme bon vous semble ! Ce n'est plus la peine de vous cacher ! Finies, les sorties nocturnes en catimini. Il est fini, le temps des troglodytes !

– Vous avez raison, madame, mais c'est tellement nouveau pour nous !

– Sans doute, mais n'ayez crainte, on ne met pas longtemps à s'habituer à la liberté retrouvée... Tenez, venez avec moi ! Nous allons aller tous les deux acheter le champagne de la victoire... Vous n'êtes pas jalouse, au moins, ma chère Loulou ?

– Un peu, avoua Loulou. Mais vous l'avez bien mérité ! Vous avez été for-mi-da-ble !

Elle ajouta même :

– Je n'aurais jamais cru ça de vous.

– Moi non plus, dit Tom. Franchement !

– Allons, allons, n'exagérons rien, protesta Grand-mère, qui avait le triomphe modeste. Sans vous, qu'est-ce que j'aurais fait, hein ? Dites-moi un peu, face à ce triste sire. Il m'aurait brisée en deux comme une allumette, il aurait repris ses machines, et au revoir... Quant à Loulou et à Jules, j'ose à peine imaginer ce qu'il aurait pu encore leur infliger.

– Et le silence, ajouta Géraldine, quelle idée géniale ! Qu'est-ce que ça m'a impressionnée, c'était comme au cinéma !

– Il n'empêche qu'il y a tout de même quelqu'un qui a parlé, au début, fit remarquer Antoine, et j'aimerais bien savoir qui c'est !

– Voyez-moi ce garde-champêtre ! s'écria Grand-mère. L'essentiel, mon petit Antoine, c'est que nous ayons atteint notre but. Allez, je vous laisse. Vous venez, Jules ?

Quelques instants après, ils sortaient de la crique.

– Je peux bien vous l'avouer, à vous, confia t-elle à Jules en lui prenant le bras. J'ai eu une frousse de tous les diables. Mes genoux tremblotaient sous ma jupe. J'avais des sueurs froides. J'étais hantée par la peur de ne pas savoir lui répondre, à ce monstre... Quelle journée ! Croyez bien que je ne recommencerai pas de sitôt pareille expérience !

Lorsqu'ils revinrent avec le champagne, ils trouvèrent Amédée, Géraldine, Aurore, Antoine, Tom, Sylvain et Mohammed en pleine discussion avec Loulou.

– Qu'est-ce que vous allez faire maintenant ? Vous allez partir quand même ? On ne vous verra plus à Sainte-Eulalie ?

– Peut-être allons-nous partir, répondit Loulou. Je ne sais pas encore...

Ce fut un tollé général.

– Ah non ! objecta Amédée. On n'a pas fait tout ça pour que vous partiez ! Et Piston-Gamelle, lui, il se frotterait les mains. Ah non ! C'est exclu !

– Et nous alors, intervint Aurore, qu'est-ce qu'on sucera ? Les sucettes de ce vilain bonhomme qui a bien failli vous faire mourir dans votre grotte, sans même que personne ne le sache ?

– Ils ont bien raison, déclara Géraldine. Ce serait trop triste de ne plus vous voir à Sainte-Eulalie !

– Vous avez des tas d'amis, ici, reprit Amédée. On va tous vous aider et vous pourrez recommencer à travailler, avec une boutique près de la plage. Et l'an prochain nous vous donnerons un coup de main pour vendre les sucettes...

– Si vous faisiez une boîte de nuit, dans la grotte ? Ce serait chouette, non ? dit Géraldine rêveuse.

– A condition de condamner la trappe ! rappela Grand-mère.

Jules fit semblant de ne rien entendre.

– Une quoi, Géraldine ? demanda-t-il.

– Une boîte, un night-club, une discothèque ! Un truc où on danse, quoi !

– Eh bien toi, au moins, tu n'as peur de rien ! répliqua Grand-mère.

– Elle aime bien danser, expliqua Aurore. Moi aussi d'ailleurs...

– J'ai une autre idée pour Loulou et Jules, lança Mohammed.

– Vas-y, raconte.

– Ben moi, j'habite à Oran, et l'hiver, je suis sûr qu'il y a plein de gens qui aimeraient manger vos sucettes. L'hiver, il y a du soleil, là-bas, et ici, il ne doit pas y avoir grand monde...

– Oh non ! s'écria Amédée, et je sais de quoi je parle.

– Alors, vous venez à Oran, et l'été, vous revenez ici. Vous verrez, toute ma famille vous aidera.

– Moi, proposa Sylvain, il y a une chose que j'aimerais bien. C'est que vous nous appreniez à faire des sucettes, des bonbons, des sucres d'orge et tout. C'est vrai, ça ! On en a vendu plein, et on ne sait même pas comment on les fabrique. Si vous organisiez une sorte d'école où on apprendrait à les faire, je suis sûr que vous auriez un tas d'élèves !

– Tu nous vois, Loulou et moi, en train de jouer au professeur ? demanda Jules.

– Pourquoi pas ? répondit Tom. Je trouve l'idée de Sylvain très bonne. On pourrait faire comme pour les stages de voile, pendant l'été. En dix jours, on en apprend des choses !

– Pourquoi seulement pour les enfants ?

objecta Grand-mère. Moi aussi j'aimerais bien connaître les secrets de Loulou et de Jules. Vous vous rendez compte ! Ça fait bientôt trois semaines qu'on me prend sur la plage pour la mémé-sucette, et je ne sais même pas préparer un caramel convenable.

– Nous vous apprendrons, dit Jules. Quant à fonder une école, ça, c'est une autre histoire ! Mais à vous, mes enfants, et à vous aussi bien sûr, ajouta-t-il en se tournant vers Grand-mère, nous révélerons tous nos petits secrets.

– On vous doit bien ça ! reconnut Loulou.

– Alors, qu'est-ce que vous allez faire ? demanda Antoine. Vous ne nous avez toujours rien dit, et moi, je pars demain. J'aimerais bien savoir !

– Oh, répondit Jules, je ne tiens pas du tout à quitter Sainte-Eulalie. Seulement, c'est une question d'argent...

– D'argent ? Vous avez dit d'argent ? répéta Grand-mère. Mais où avais-je la tête ? Il vous faut de l'argent ? Regardez un peu ça.

Elle ouvrit son sac. Dedans, il y avait une poche en papier, pleine de billets et de pièces, que Grand-mère vida sur la table.

– Mon Dieu, tout cet argent ! frémit Loulou.

– C'est votre argent. Enfin, celui des sucettes. Et si on continue encore un peu, vous aurez sûrement de quoi vous réinstaller. Il n'y a pas de raison que le succès s'arrête...

– Eh bien ça alors, s'exclama Jules, si je m'atttendais à une surprise pareille !

– Vous savez, on n'a pas chômé ! Mais vous, évidemment, dans votre grotte, vous ne pouviez pas vraiment vous en rendre compte. Eh bien maintenant, c'est fait !

– Un trésor ! Un véritable trésor ! s'écria Loulou, radieuse. Tu vois, Jules, toi qui m'avais souvent parlé du trésor de la grotte...

– Oh ! Oui ! On en a raconté, des choses là-dessus ! Le trésor des naufrageurs... ça en a fait rêver du monde ! Mais personne n'a jamais rien trouvé.

– Eh bien voilà, conclut Loulou. Le trésor, c'est vous qui nous l'avez offert, mes enfants, en sacrifiant de belles journées ensoleillées au dur labeur du commerce ambulant, traînant de lourds paniers, à la sueur de vos fronts et de vos bras chétifs...

– Arrêtez, protesta Tom, vous allez nous faire pleurer ! On s'est drôlement amusés, oui ! Sans quoi, on ne l'aurait pas fait.

– Vous voyez, dit Grand-mère. Au moins, c'est clair.

– Et toi, Grand-mère, demanda Tom, c'est bien la même chose, non ?

– J'avoue, mon petit, j'avoue. J'ai fait une expérience passionnante.

Tous s'accordèrent à reconnaître que ces vacances-là, ils ne les oublieraient pas de sitôt.

– Et le champagne ? claironna Géraldine. On va l'attendre encore longtemps ?

– Le champagne, Jules ! Elle a raison, cette petite !

– Je vais le chercher, Loulou. Il fallait bien qu'on lui laisse le temps de rafraîchir.

– Mais attention, mes enfants, prévint Grand-mère. Un tout petit verre, pas plus ! Sans quoi vous seriez ivres.

– Zivre ? demanda Sylvain, qu'est-ce que ça veut dire ?

– Ça veut dire saoul, pompette, en état d'ébriété, et après on est malade...

– A propos de malade, coupa Antoine, et Moucham, qu'est-ce qu'il devient celui-là ?

– C'est vrai ça, on n'en entend plus parler, constata Géraldine.

– Il est toujours couché, leur apprit Jules, mais son genou va mieux. Il pourra bientôt retourner à Bordeaux.

– Si on lui offrait un verre de champagne ? proposa Tom.

– Oh ça ! admit Grand-mère, il ne l'aurait pas volé ! Sans ses confidences sur Chignon-Laf...

– Piston-Gamelle, Grand-mère !

– Ah oui, c'est vrai Piston-Gamelle... Eh bien sans lui, on ne s'en sortait pas !

– Là, vous n'avez pas tort ! avoua Jules. Moucham est tombé à point nommé, si j'ose dire !

Tout le monde éclata de rire, et Jules s'éloigna, un verre de champagne à la main.

– Il va falloir que je rentre, annonça Antoine. Il est tard, et il faut que je fasse mes bagages. Alors, Loulou, vous restez ou pas ?

– On reste, répondit Loulou. Je vous le promets à tous. Tu es bien d'accord, n'est-ce pas ? demanda-t-elle à Jules qui revenait de sa petite visite à Moucham.

– Et comment ! Non seulement on ne part pas, mais en plus, on reste !

ÉPILOGUE

L'année suivante, quand les uns et les autres arrivèrent à Sainte-Eulalie, ils virent des affiches, collées un peu partout.

APPRENEZ L'ART DE LA CONFISERIE
Stage de dix jours
sous la direction de
LOULOU ET JULES GASPARD,
MAÎTRES-CONFISEURS
à SAINTE-EULALIE
Spécialités : sucettes, sucres d'orge, berlingots,
truffes, etc.
QU'ON SE LE DISE...

Pour tout renseignement, s'adresser à la :
Confiserie de la Plage, Sainte-Eulalie-sur-Mer.

Ainsi, ils avaient tenu leur promesse.

Ils s'y retrouvèrent tous, les amis de Loulou et Jules : le stage avait lieu dans la grotte. Mais une grotte qu'ils eurent bien du mal à reconnaître. Tout avait été aménagé, on avait percé quelques fenêtres, on avait bâti des cloisons : bref, c'était le luxe ! La revanche des troglodytes !

Le premier jour arriva... Jules avait un trac énorme lorsqu'avec Loulou, ils pénétrèrent dans la salle. Le cours commença. Grand-mère, tout au fond, prenait des notes. Bertrand et Marie étaient là, eux aussi. La longue maladie de tante Ophélie n'était plus qu'un lointain souvenir...

– Nous allons commencer par quelque chose de simple, que vous pourrez réussir chez vous dès ce soir, annonça Jules.

– Oui, ajouta Loulou, on va vous apprendre la recette d'une de nos meilleures spécialités.

– Oh, certainement la plus bo...

– Jules, fit Loulou.

Jules rougit.

– La meilleure. C'est bien ce que je voulais dire. Voilà : il s'agit de la SUCETTE AU CHOCOLAT !

– MMmmm, fit l'assistance, en se léchant les babines.

– Vous allez voir, expliqua Loulou, c'est très facile à réaliser. Vous réunissez d'abord tout ce qu'il faut pour confectionner disons dix sucettes.

– Après, reprit Jules, vous en ferez tant que vous voudrez, mais ici, nous partirons sur cette base.

– Alors notez bien ce qui est nécessaire. C'est très important. Il vous faut : 300 grammes de chocolat, de l'extrait de vanille liquide, des petits bâtons.

Jules fit un clin d'œil en direction d'Amédée qui était au premier rang.

– Il faut aussi, poursuivit-il, un petit pot de

crème fraîche, et un sachet de sucre-glace. Vous y êtes ? Ou est-ce que je dois répéter ?

– Non, non, ça va, dit une voix.

– Bien. Passons maintenant au...

– Le chocolat... lui souffla Loulou.

– Eh bien quoi, le chocolat ? Je l'ai dit, non ?

– NOIR, A CROQUER ! Surtout pas fondant ni au lait !

– Ah oui ! Tu as raison. Attention, mes chers amis, il faut du chocolat A CROQUER, notez-le bien ! Et maintenant, on y va !

– Vous prenez le chocolat, vous le cassez en petits morceaux, vous le mettez dans un récipient quelconque – un saladier, par exemple – que vous placez dans une casserole avec de l'eau dedans.

– L'eau dans la casserole, hein, pas dans le saladier ! précisa Loulou.

– Cela s'appelle le bain-marie.

Tom regarda sa mère, qui lui tira la langue.

– Écoute plutôt, imbécile !

– Vous mettez la casserole sur le feu, et vous faites fondre le chocolat afin qu'il n'y ait plus de morceaux. Ensuite, vous le laissez refroidir jusqu'à ce qu'on le sente presque froid, en y mettant le doigt.

– 36,37 degrés, dit Jules, si on veut être précis.

– Puis vient le tour de la crème fraîche et de la vanille, continua Loulou. Attention ! Un petit pot de crème fraîche, et deux ou trois gouttes de vanille, que vous ajoutez au chocolat fondu, en remuant bien.

– Ah ça, c'est capital, insista Jules. Si on ne remue pas, c'est fichu ! Il faut que le mélange devienne bien homogène.

– Qu'est-ce qu'on fait, après, Jules ? Je ne sais plus, souffla Loulou, qui n'avait pas l'habitude de parler devant tant de gens.

– Tu sais bien, Loulou, on laisse reposer !

– Ah oui ! On laisse ensuite reposer un quart d'heure. Et une fois que la pâte est bien refroidie, vous prenez une petite cuillère.

– Pas trop petite, quand même, souligna Jules.

– Et vous prenez une bonne cuillerée de pâte.

– Mais avant, il faut mettre un peu de sucre-glace dans la paume de la main qui ne tient pas la cuillère ! La gauche pour les droitiers, la droite pour les gauchers...

– Et à ce moment-là, vous déposez le contenu de la cuillère sur le sucre-glace qui est dans votre main. Vous me suivez ? Pas de question ? Bien. Alors je continue : vous prenez un peu de sucre-glace dans l'autre main, celle qui tenait la cuillère, et en faisant rouler la pâte entre vos deux mains, vous formez d'abord une boule, puis, petit à petit, un cône.

– Un cône, c'est comme un cornet, expliqua Jules. Ça a la même forme. Vous voyez ?

– Quand on a obtenu un cône bien régulier,

on pose celui-ci sur une surface plane et froide.

– Si c'est chaud, ça fond, et là tout est fichu, prévint Jules. Moi, au début, quand j'étais jeune... j'en ai loupé des quantités comme ça. Alors tâchez de ne pas faire la même bêtise !

– Je disais donc, reprit Loulou, une surface bien froide et bien plane, sur laquelle on a saupoudré du sucre-glace.

– C'est simple, ajouta Jules, le sucre-glace est là pour empêcher que le chocolat colle.

– Ensuite, montra Loulou, on écrase légèrement le cône, et on introduit délicatement un petit bâton...

– En bois ! s'écria Jules, je précise bien. Il n'y a que les amateurs ou les filous qui utilisent autre chose !

– Et voilà maintenant notre secret pour que la sucette soit encore plus savoureuse : s'il vous reste encore du chocolat liquide – nous, il nous en reste toujours, mais vous, pour les dernières sucettes, ce sera peut-être difficile ! Donc, s'il vous reste encore du chocolat liquide, vous retrempez votre sucette dedans, vous la tenez pendant quelques minutes au-dessus du récipient, et devinez ce qui arrive ? Le chocolat forme une délicieuse croûte autour de la sucette.

– A ce moment-là, dit Jules, il ne vous reste plus qu'à poser délicatement votre sucette sur un papier d'aluminium pour éviter qu'elle colle, bien sûr !

– Et surtout, ajouta Loulou, il ne faut pas la mettre à refroidir au réfrigérateur...

– On peut les manger au bout de combien de temps ? demanda une voix dans la salle.

– Au bout d'une heure, on peut y aller, répondit Jules.

– Voilà. C'était notre célèbre recette de la sucette au chocolat, prévint Loulou. Vous allez rentrer chez vous, vous mettre à l'ouvrage, et demain, vous nous direz comment ça a marché.

– Vous pouvez même nous en apporter une ou deux, suggéra Jules, et nous vous donnerons volontiers notre avis. Bon courage, bonne chance, et à demain !

Chacun sortit, la mine studieuse, répétant dans sa tête ce qu'il avait entendu, demandant à l'un ou à l'autre un détail qui lui manquait.

Tom et Grand-mère s'affairaient dans la cuisine. Le chocolat – A CROQUER bien sûr ! – fondait doucement dans son bain-marie en répandant un délicieux parfum.

– Ah, ce parfum ! lança Grand-mère, il me rappelle des choses !

– Notre aventure de l'an dernier ?

– Tout juste ! Ah, ces odeurs qui flottaient dans la grotte, on en avait l'eau à la bouche...

– Au fait, tu sais ce que m'a dit Loulou, hier ? Elle m'a dit que jamais plus ils n'avaient entendu parler de Piston-Gamelle. Moucham, qu'ils revoient de temps en temps lorsqu'ils vont faire leurs courses à Bordeaux, leur a confirmé qu'il avait disparu. Il a même mené une enquête : rien, pas une trace. Usine vendue. Maison vendue. L'oiseau s'est envolé. Moi, je me demande où il a pu aller. En Amérique peut-être ? Ou au Japon ? Qu'en penses-tu, Grand-mère ?

– Ma foi, pourvu qu'il nous fiche la paix, je dis nous : je pense surtout à Loulou et Jules... Le reste, ça m'est bien égal.

– Pourtant, tu en sais des choses, toi, sur Piston-Gamelle ! Je me souviens encore : « Qu'avez-vous fait à Bordeaux, il y a neuf ans, lorsque vous n'arriviez plus à payer votre usine ? » Tu étais terrible, on avait presque peur. A propos, tu ne nous l'as jamais dit, ce qu'il avait manigancé. En tout cas pas à moi !

– Mon pauvre Tom ! J'aurais été bien en peine de vous révéler le fin mot de l'histoire, puisque je n'en savais rien moi-même !

– Quoi ? Et les confidences de Moucham ?

– Oh, Moucham ne m'a pas dit grand-chose. Juste assez pour pouvoir m'imaginer que ce monstre méritait les galères au vu des méfaits qu'il avait sans doute commis à l'époque !

– Moucham ne t'a rien raconté de plus ? Grand-mère tu es incroyable ! Je comprends mieux maintenant pourquoi tu nous as avoué avoir eu si peur. Tu bluffais !

– Exactement. C'est la seule chance qui nous restait. Et Siphon-Nacelle a marché.

– Piston-Gam...

– Ah oui, c'est vrai. Il faudra bien que j'y arrive un jour. Enfin, passons... Tu vois, Tom, j'étais convaincue que son crime était si affreux qu'il en avait peut-être honte lui-même : il n'osait pas se l'avouer.

– Ça ne lui ressemble guère, Grand-mère ! Moi, je crois qu'il ne voulait surtout pas que son secret soit dévoilé. A aucun prix. Quand il a cédé, dans la grotte, ce n'est pas la honte qui l'a fait agir ainsi. Il s'est senti démasqué, découvert. Et il a fui, pour limiter les dégâts ! Mais qu'est-ce qu'il t'a raconté, Moucham ?

– Oh, peu de choses ! Tison-Gabelle, c'est bien ça, n'est-ce pas ?

– Oui, oui, Grand-mère, répondit Tom en levant les yeux au ciel.

– Eh bien, Tison-Gabelle aurait eu de gros ennuis financiers. Il était dans les dettes jusqu'au cou. Peut-être même au-delà : bref, la faillite était proche. Pour s'en sortir, il aurait trempé dans des affaires véreuses. Moucham m'a parlé, – je m'en souviens comme si c'était hier – de « trafic de denrées avariées ». Mais Moucham n'était sûr de rien. Il m'a juste confié : « j'ai reniflé quelque chose de louche ».

– Je le vois d'ici avec son long nez tout flasque.

– C'est qu'à l'époque, reprit Grand-mère, il

était plus ou moins au service de ce Piton-Marcelle, tu comprends ? Il a donc su que ce sale individu était subitement parti pour l'Allemagne, puisqu'il a dû contacter à sa place un négociant douteux, qui devait se charger d'un transport plus ou moins clandestin vers un pays d'Afrique.

– Moucham ne t'a pas dit lequel ?

– Non, il m'a dit le nom d'un port, Dakar, je crois. Parce que... parce que... Ah oui ! Le détail me revient : le négociant en question, un dénommé von Poppo-Schmou – et après ça, on dira que je n'ai pas la mémoire des noms ! – est remonté ensuite sur un cargo, le... *Tambakunda* je crois, dont le port d'attache est Dakar. Moucham n'a rien su d'autre. Mais plus tard, il a fait des rapprochements bizarres : Riton-Lapelle a réglé d'un coup ses dettes à son retour d'Allemagne. Il s'est même acheté une nouvelle voiture fort luxueuse et un yacht. Peu après, Moucham a lu dans les journaux que le *Tambakunda* avait été arraisonné par la police. Il transportait des denrées alimentaires avariées, à destination de certains pays d'Afrique. Il avait déjà débarqué ses cochonneries dans deux d'entre eux, et bientôt des enfants étaient tombés gravement malades. Moucham ne m'a rien dit de plus, Tom, sinon qu'il pensait que Pigeon-Labelle avait trempé dans ce trafic. Mais aucune preuve tangible. Était-il l'instigateur ou un simple comparse ? Mystère !

– Si je comprends bien, comme tout était flou dans cette histoire, Piston-Gamelle a dû se persuader que Moucham était au courant de pas mal de choses.

– Tu as sûrement raison, Tom. Enfin, tu vois, moi, je savais trois fois rien. De vagues indications. Il n'empêche. Grâce à elles, on s'en est bien sortis !

– Alors maintenant, Piston-Gamelle serait quelque part en Afrique – ou en Allemagne – avec ses anciens complices ?

– Ce n'est qu'une hypothèse, reprit Grand-mère, car il peut fort bien être ailleurs encore, ou même en France, pas loin d'ici...

A cette idée, Tom eut un frisson dans le dos. Très vite, il se mit à réfléchir : ainsi, ni Moucham, ni Grand-mère ne connaissaient avec certitude le secret de Piston-Gamelle. Mais Piston-Gamelle, lui, était sûr que Moucham et Grand-mère en savaient trop. Sinon, il n'aurait pas pris la fuite...

– A quoi penses-tu, Tom ? demanda Grand-mère. Tu es bien silencieux soudain. On te dirait même inquiet.

– Ben... C'est que tout d'un coup, j'ai pensé que Piston-Gamelle pourrait avoir envie de te faire disparaître, Grand-mère.

– Moi ? Allons donc ! Je ne suis qu'une vieille dame inoffensive ! répliqua-t-elle en riant.

– Peut-être, mais il est persuadé que tu connais son secret.

– Il y a aussi Moucham !

– D'accord, Grand-mère, mais Piston-Gamelle ne craint pas Moucham. Car il en sait des choses sur son compte ! D'ailleurs, si Moucham n'avait pas été éclopé dans sa chute, jamais il n'aurait parlé.

– Tu as peut-être raison, Tom.

– Voilà pourquoi je suis inquiet. Si Piston-Gamelle voulait un jour se débarrasser de toi, pour se venger, pour être sûr que sa réputation reste intacte ?

– Allons, allons, Tom, n'exagérons rien.

– Tu l'as vexé, humilié, et puis, tu le sais bien, Piston-Gamelle, c'est un maniaque. Un obsédé ! Il voulait tout contrôler, tout. Il avait son usine, son énorme usine. Et il ne pouvait pas supporter la simple idée que quelqu'un puisse encore fabriquer des sucettes en dehors de lui. Les deux malheureuses machines de Loulou et Jules l'ont rendu malade. Rappelle-toi, Grand-mère !

– Ne t'inquiète pas, je n'ai rien oublié.

– Alors, peut-être lui viendra-t-il un jour l'idée de se venger, de te...

– Mais non, Tom, coupa Grand-mère. La leçon aura porté ses fruits, et je suis persuadée qu'il n'aura jamais de temps à perdre pour assouvir une ridicule vengeance ou s'assurer de notre silence. Sinon, évidemment, ça sentirait le roussi à Sainte-Eulalie !

– Le roussi, Grand-mère, tu ne sens pas ?

– Oh mon Dieu ! Le chocolat !

Ils se précipitèrent, mais trop tard. L'eau du bain-marie s'était évaporée. Le chocolat brûlait tranquillement.

– C'est ma faute, Grand-mère, avec toutes mes questions...

– C'est tout autant la mienne, Tom. A mon âge, je devrais savoir qu'on ne peut être à la fois au four et au moulin. Sacré Vison-Chapelle ! Dès qu'on parle de lui, les catastrophes recommencent...

– Pour les sucettes en chocolat, qu'est-ce qu'on fait, Grand-mère ?

– On va racheter du chocolat, et tout reprendre au début.

– Mais cette fois, conclut Tom, il faudra ouvrir l'œil et le bon !

– Nous l'ouvrirons, Tom, et pas seulement pour surveiller le chocolat ! Nous sommes d'accord ?

– D'accord, Grand-mère.

– Alors dans ces conditions, en avant !

INFORMATIONS
Cascade

Chaque année, les Français consomment
en moyenne, par personne :

13 kg de sucre
8 kg de biscuits et pain d'épices
6,74 kg de bananes
6 l de crèmes glacées
33 kg de confiseries au sucre
2 kg de confiseries au chocolat
2,5 kg de chocolat et cacao
2 kg de confitures et gelées
0,38 kg de miel
27 l de boissons gazeuses

LA CONFISERIE

La confiserie est l'art de travailler le sucre et de le transformer en toutes sortes de friandises. Par extension, on appelle confiserie les produits fabriqués et les magasins où ils sont vendus.

Bonbons et douceurs ont été appréciés depuis l'Antiquité. On dit que c'est un citoyen romain, Julius Dragatus, qui a donné son nom aux dragées, ces amandes enrobées de sucre qu'il offrait à ses visiteurs. Les Gaulois fabriquaient des bonbons au miel. Au XVe siècle, on appelait les bonbons les « épices de chambre ». Le caramel vient de cannamelle, nom que l'on donnait alors à la canne à sucre. Sous la Révolution, les confiseries du Palais Royal étaient célèbres... De nos jours, avec en moyenne 35 kg de sucre par an et par personne, les Français viennent en septième position au palmarès de la gourmandise dans le monde... Les Anglais consomment près de deux fois plus de friandises qu'eux.

C'est le sucre (saccharose et glucose) qui est la principale denrée utilisée ; selon les recettes, on ajoute lait, crème, chocolat, café, fruits, miel, arômes et colorants divers.

Le sucre est d'abord amené à un degré de cuisson très délicat à apprécier (lissé, filé, soufflé, boulé, cassé). Les autres produits sont ajoutés en cours ou en fin de cuisson. La pâte ainsi obtenue est ensuite versée sur une plaque huilée puis battue, étirée, malaxée. Elle est enfin découpée ou moulée, selon les cas.

A côté de la confiserie artisanale où les recettes se transmettent de père en fils et font la renommée d'une maison, d'une ville parfois, se développe la confiserie industrielle dont l'objectif est de développer le rendement tout en respectant les recettes locales. L'art traditionnel se perpétue dans la préparation de spécialités saisonnières, les œufs de Pâques par exemple, ou régionales : les *calissons* d'Aix-en-Provence, les *nougats* de Montélimar, les *bergamotes* de Nancy, les *bêtises* de Cambrai, etc.

On classe les confiseries en trois grandes catégories :

Bonbons au sucre cuit : berlingots, sucres d'orge, bonbons acidulés, bonbons anglais, bonbons fourrés, caramels.

Les Fondants : caramels mous, nougats (pâte d'amandes incorporée dans une pâte sucrée composée de miel, de sucre et de blancs d'œufs à laquelle on ajoute des amandes entières), pralines, pastilles diverses.

Les sirops pour les fruits confits ou glacés, les pâtes de fruits, les confitures et les marmelades.

Il ne faut pas oublier les chewing-gums, fabriqués à froid à partir de sucre et de gommes le plus souvent naturelles, les réglisses et autres pâtes à mâcher (boules de gomme, etc.).

LA PUBLICITÉ

Les actions et campagnes publicitaires et promotionnelles représentent un marché énorme, qui se chiffre en centaines de millions de francs. Pour monter une campagne publicitaire, l'annonceur fait souvent appel à une agence de publicité, laquelle se charge de concevoir slogan, film... le plus accrocheur possible, et de trouver des supports adaptés à bien promouvoir le produit donné.

Une campagne publicitaire peut :

– se servir des médias : presse, télévision, radio, cinéma auxquels il achètera du temps pour passer son spot, son film ou son message publicitaire ;

– choisir l'affichage – lequel est très réglementé pour éviter la pollution visuelle que peut engendrer l'affichage sauvage (en particulier politique) – on utilise alors l'affichage mural, les autobus, le métro, les aéroports, la publicité lumineuse ou aérienne : banderoles et écriture dans le ciel ;

– lancer une opération : échantillonnage, couponing, offre d'objets publicitaires, cadeaux, primes, concours, remises promotionnelles...

La publicité peut également être directe, sur le lieu de vente, dans une foire, à la faveur d'une exposition...

Elle prend souvent la forme de « mailing », par le biais d'un envoi ou dépôt d'imprimés. La boîte aux lettres est une cible de choix, ainsi que les pare-brise de voitures ou la main du passant dans la rue !

Elle est insérée dans les annuaires, programmes...

Le sponsoring sportif ou culturel se développe aussi beaucoup depuis une dizaine d'années, forme de mécénat détourné où le prestige et la réussite d'un spectacle ou d'un exploit retombent sur la société, l'entreprise qui l'a financé.

Il existe des tas d'autres formes de publicité, plus ou moins originales, ponctuelles et qu'on englobe sous le terme de publicité sauvage.

En 1987, en France, quelque 20 000 annonceurs ont investi 40 milliards de francs dans la publicité. Les plus dépensiers : Renault, la Loterie nationale, la Sopad-Nestlé (groupe agro-alimentaire), Ford, Proctor & Gamble, PSA Peugeot.

LES TROGLODYTES

« Troglodyte » est le nom d'un ancien peuple d'Éthiopie qui habitait dans des cavernes. On a donné leur nom à toutes les populations qui vivaient ou vivent encore dans des grottes naturelles ou artificielles. Au paléolithique, durant la dernière époque glaciaire, de nombreuses tribus utilisaient des grottes pour se protéger du froid, des bêtes fauves ou des tribus rivales. On en voit des vestiges dans les vallées de la Seine, de l'Oise, de la Loire, et dans tout le Sud-Ouest de la France où les rivières coulent au pied de falaises crayeuses. Les grottes et cavernes naturelles s'y sont formées sous l'action de l'érosion.

Dans la vallée de la Seine, à partir de Mézières,

des abris naturels, jadis habités, servent encore de granges ou de celliers.

D'autres ont été creusés par l'homme dans la roche calcaire, comme l'église de Haute-Isle, dans le Val-d'Oise.

En Touraine, des maisons troglodytiques sont encore habitées. Les différentes pièces sont alignées en façade, toutes les ouvertures tournées vers l'extérieur. Sur l'arrière, elles ouvrent sur des caves souterraines, qui s'enfoncent profondément dans le roc.

Dans la région de Vouvray, ces caves sont utilisées pour la conservation et le vieillissement du vin produit dans la région. La température qui y règne, basse et constante, est particulièrement favorable.

A Matmata, dans le sud de la Tunisie, les différentes pièces des habitations troglodytiques sont creusées dans l'argile, autour d'un puits de 6 à 7 mètres de profondeur et d'une dizaine de mètres de large. Un tunnel permet d'accéder à l'extérieur et communique parfois avec d'autres cours qui servent d'étables.

L'AUTEUR

Didier Herlem est né le 18 octobre 1944 à Limoges. Le Limousin, auquel il est resté très attaché, est donc son pays natal, son pays d'adoption étant la Charente-Maritime où il passe ses vacances depuis une trentaine d'années.

Agrégé d'allemand, il a enseigné à l'Université de Paris-X, de Hambourg et de Bonn en Allemagne. Il est actuellement professeur à l'Université de Lille-III et directeur du Centre de Télé-Enseignement Universitaire de Lille.

Brèves indications, susceptibles d'édifier le lecteur :

• possède une fort honorable collection de voitures miniatures (époque 1940-1960), sans doute à l'origine d'une certaine érudition en matière d'histoire automobile ;

• s'intéresse à l'esthétique et à toutes ses manifestations, des plus «nobles» aux plus «triviales» : musique, peinture, sculpture, architecture, mode vestimentaire, art de la parure, etc. ;

• aime les maisons anciennes, les forêts et les jardins, les fleurs et les chats (sans pour autant détester les chiens).

MYSTERE AU CHOCOLAT est son premier roman publié dans la collection Cascade, il a obtenu le prix Enfantaisie et le prix Saint-Benoît.

L'ILLUSTRATEUR

Michel Riu est né à Paris en 1956 mais ses racines sont catalanes.

Après quatre années d'études de dessin à Bruxelles, il revient dans la région parisienne. Il se consacre alors plus particulièrement à la bande dessinée et fait paraître quelques albums.

Il fait aussi des illustrations pour différentes revues de jeux de rôles et se passionne pour le livre de jeunesse.

COLLECTION

Cascade

9 - 10

UNE AMIE GÉNIALE
Sandrine Pernusch.
L'ATTAQUE DE L'OURS
Alain Surget.
AU BOUT DU CERF-VOLANT
Hélène Montardre.
AU SECOURS MÉLUSINE !
Yvon Mauffret.
LES AVENTURES D'UN CHIEN PERDU
Dagmar Galin.
BILLY CROCODILE
Yves-Marie Clément.
CET ÉTÉ, ON DÉMÉNAGE
Anne-Marie Desplat-Duc.
CHUT... SECRET DE FAMILLE
Marie Dufeutrel.
CLAIR DE LOUP
Thierry Lenain.
CLASSE DE LUNE
François Sautereau.
LES CM2 À LA UNE
Catherine Missonnier.
LA COURSE AUX RECORDS
Lorris Murail.
DEUX POISONS DANS L'EAU
Chantal Cahour.
LES DISPARUS DE FORT BOYARD
Alain Surget.
L'ENFANT CHEVREUIL
Roger Judenne.
ENQUÊTE ET PATINS À ROULETTES
Alice Hulot.
EXTRATERRESTRE APPELLE CM1
Catherine Missonnier.
LE GOUFFRE AUX FANTÔMES
Alain Surget.
LA GUERRE DE RÉBECCA
Sigrid Heuck.
LA GUERRE DES POIREAUX
Christian Grenier.
HISTOIRE DE LUCIEN
François Charles.
L'ÎLE AUX TORTUES
Michel Girin.
L'INCONNU DU QUATRIÈME
Alice Hulot.
J'AIME PAS LA NATURE
Gérard Bialestowski.
LE JOURNAL SECRET DE MARINE
Sandrine Pernusch.
LE LÉVRIER DU PHARAON
Roger Judenne.
MON VOISIN EST UN PIRATE
Hervé Fontanières.
LE MOUSSE DU BATEAU PERDU
Yvon Mauffret.
MYSTÈRE À BORD
Catherine Missonnier.
MYSTÈRE À CARNAC
Michel-Aimé Baudouy.
MYSTÈRE AU CHOCOLAT
Didier Herlem.
UN MYSTÈRE PRESQUE PARFAIT
Didier Herlem.
ON T'AIME CHARLOTTE
Sandrine Pernusch.
PARIS-AFRIQUE
Yves Pinguilly.
PING-PONG AU CAMPING
Stéphane Daniel.
LA PLUS GRANDE LETTRE DU MONDE
Nicole Schneegans.
POUR UN PETIT CHIEN GRIS
Yvon Mauffret.
PREMIER EN FOOT
Catherine Missonnier.
LE SECRET DE L'OISEAU BLESSÉ
Betsy Byars.
SECRETS DE SORCIÈRES
Alice Hulot.
TOUCHE PAS À MON PÈRE
Chantal Cahour.
VIVE LES PUNITIONS !
Guy Jimenes.

COLLECTION Cascade

11 - 12

À CLOCHE CŒUR
Marie-Florence Ehret.

L'ACROBATE DE MINOS
L.N. Lavolle.

ADIEU BENJAMIN
Chantal Cahour.

UNE AMITIÉ BLEU OUTREMER
Yvon Mauffret.

L'AMOUR K.-O.
Jean-Paul Nozière.

LE BALLON D'OR
Yves Pinguilly.

B COMME BÉATRICE
Geneviève Senger.

BONS BAISERS DE CALIFORNIE
Marie-Noëlle Blin.

C'EST LA VIE, LILI
Valérie Dayre.

UN CŒUR AU CREUX DE LA VAGUE
Hortense Cortex.

COMME SUR DES ROULETTES
Malika Ferdjoukh.

COUP DE FOUDRE
Nicole Schneegans.

LA COUR AUX ÉTOILES
Évelyne Brisou-Pellen.

CYRANO JUNIOR
François Charles.

LE DÉFI DE MISS CAMBOUIS
Marie Dufeutrel.

LES DEUX MOITIÉS DE L'AMITIÉ
Susie Morgenstern.

L'ÉTÉ DE SILVIO
Jean-Côme Noguès.

L'ÉTÉ JONATHAN
Marie Dufeutrel.

LA GRIFFE DES SORCIERS
Évelyne Brisou-Pellen.

L'INCONNU DU JEUDI SOIR
Roselyne Bertin.

LE JOUR DU MATCH
Gilberte Niquet.

MON JOURNAL DE GUERRE
Yvon Mauffret.

PAULINE EN JUILLET
Jacqueline Mirande.

UN PONEY BLANC NEIGE
Anne Eliot Crompton.

PRISONNIER DE LA RIVIÈRE NOIRE
Alain Surget.

PRISONNIÈRE DES MONGOLS
Évelyne Brisou-Pellen.

RENDEZ-VOUS AU COLLÈGE
Stéphane Méliade.

LE RÊVE DE L'OISEAU BLEU
Roger Judenne.

LE SECRET DE JESSICA
Michel Amelin.

SÉRIE NOIRE POUR BABACAR
Michel Girin.

UNE SIXIÈME EN ACCORDÉON
Jean-Paul Nozière.

LE TRÉSOR DU MENHIR
Yvon Mauffret.

UN TRÉSOR DANS L'ORDINATEUR
Jacques Asklund.

LA VOIX DU VOLCAN
Évelyne Brisou-Pellen.

Achevé d'imprimer en avril 1998
sur les presses de l'Imprimerie Hérissey
à Évreux (Eure)
Dépôt légal : avril 1998
N° d'édition : 3104
N° d'imprimeur : 80141